<u>M</u>

LAS AVENTURAS DE SUPERGIRL™ en SUPER HERO HIGH

LISA YEE

montena

Las aventuras de Supergirl en Super Hero High

Título original: *Supergirl™ at Super Hero High*

Copyright © 2016 DC Comics
DC SUPER HERO GIRLS and all related characters and elements
© & ™ DC Comics and Warner Bros. Entertainment Inc.
DC LOGO: ™ & © DC Comics. WB SHIELD: ™ & © WBEI. (s16)
RHUS 38274

Primera edición en España: octubre de 2016
Primera edición en México: diciembre de 2016
Primera reimpresión: febrero de 2018

Penguin Random House Grupo Editorial, S. A. U.
Travessera de Gràcia, 47-49, 08021, Barcelona

Penguin Random House Grupo Editorial, S. A. de C. V.
Blvd. Miguel de Cervantes Saavedra núm. 301, 1er piso,
colonia Granada, delegación Miguel Hidalgo, C. P. 11520,
Ciudad de México

www.megustaleer.com.mx

D. R. © 2016, Laura Martín de Dios, por la traducción

ISBN: 978-607-315-065-1

Impreso en México – *Printed in Mexico*

El papel utilizado para la impresión de este libro ha sido fabricado a partir de madera procedente
de bosques y plantaciones gestionadas con los más altos estándares ambientales, garantizando
una explotación de los recursos sostenible con el medio ambiente y beneficiosa para las personas.

Penguin
Random House
Grupo Editorial

A mis padres, gracias por animarme siempre a soñar

PRÓLOGO

—¡¡¡**W**onder Woman!!! —bramó la directora Waller.

La joven parpadeó varias veces sin acabar de entender lo que ocurría. Los gritos de entusiasmo aumentaron, aunque también oyó alguno que otro comentario malicioso de Cheetah. La mordaz superheroína bostezó, se estiró con la gracia de una bailarina y chocó como quien no quiere la cosa con Katana, que le devolvió el empujón de inmediato. Por suerte, tanto el auditorio como los demás edificios de Super Hero High estaban construidos a prueba de invasores, tormentas de fuego, cometas y adolescentes.

—Wonder Woman, por favor, sube al estrado —repitió la directora, intentando reprimir una sonrisa. Mostrarse alegre no estaba dentro de sus funciones. Al fin y al cabo, Amanda Waller, The Wall, se enorgullecía de dirigir Super Hero High con dedicación y mano férrea, lo que no le dejaba tiempo para frivolidades. Con su espalda imponente, sus trajes serios y su peinado de corte militar, su sola presencia bastaba para meter en cintura a una flota entera de invasores alienígenas... o a una sala abarrotada de bulliciosos aprendices de superhéroes.

Harley Quinn, dueña del canal de ViewTube *Los Quinn-taesenciales de Harley*, se echó a reír y empezó a grabar mientras Bumblebee se acercaba volando a Wonder Woman y la acompañaba al estrado.

—¡Adelante, Wondy! —gritó la alegre superheroína rebosante de felicidad al tiempo que sus alas amarillas la elevaban en el aire—. ¡Ya sabes que The Wall odia que la hagan esperar!

La siempre sociable Wonder Woman escuchó boquiabierta a la directora Waller. La tiara de oro que adornaba su larga y abundante melena oscura lanzaba destellos.

—Nuestra Superheroína del Mes ha demostrado su entrega a este instituto, al que ha cubierto de orgullo —dijo The Wall—. No está aquí en busca de gloria personal, sino de un bien mayor, y para centrar la atención en los demás. Eso es lo que hace a alguien ser un verdadero líder.

La joven contuvo las lágrimas como pudo. Sólo llevaba unos meses en Super Hero High. Su madre, Hippolyta, reina de Themyscira, también conocida como Paradise Island, se sentiría orgullosa. Se moría de ganas de hablar con ella.

—Wonder Woman —oyó que decía la directora—, tu primer cometido como Heroína del Mes será enseñarle el instituto a la nueva alumna de Super Hero High. ¡Ah, por ahí viene!

El auditorio contuvo la respiración. La princesa amazona sonrió. Cheetah frunció el ceño. Harley Quinn continuó grabando.

¡Los rumores eran ciertos!

PRIMERA PARTE

PRIMERA
PARTE

CAPÍTULO 1

Tenía la sensación de que había transcurrido una eternidad desde que atravesó el espacio a toda velocidad con destino desconocido. La nave no había tomado la ruta más rápida y directa, pero al final la llevó donde debía. Apenas guardaba ningún recuerdo del viaje; en cambio, no hacía más que pensar en una época anterior en la que vivía feliz y despreocupada, hasta tal punto que había imaginado que siempre sería así...

A varios sistemas solares de distancia de la Tierra, doblando a la izquierda, una jovencita estaba a punto de acabar una tarjeta de cumpleaños para su madre cuando empezaron a sonar las alarmas. Kara estaba acostumbrada a aquellos simulacros desde pequeña y ya no les prestaba atención. Sin embargo, cuando su madre irrumpió en la habitación, el pánico que se reflejaba en su mirada le dejó claro que ese día era diferente.

—¡Kara! —le gritó sin aliento—. ¡Date prisa! ¡Ven conmigo ahora mismo!

Sin hacer preguntas, le dio la mano y echó a correr después de soltar la tarjeta. Había escrito «Para la mejor madre del universo», pero no le había dado tiempo de añadir un «Siempre te querré, Kara».

Su padre se paseaba nervioso frente a la nave, en el exterior. Por un breve instante, el alivio que lo embargó al ver a su hija suavizó su expresión, aunque enseguida recuperó la seriedad.

—Kara, sube —ordenó. La voz calmada y tranquilizadora de siempre había sido sustituida por una que la adolescente nunca había oído y se asustó—. ¡No hay tiempo! ¡¡¡Sube, ya!!!

Kara Zor-El, del planeta Krypton, lo obedeció mientras el aullido ensordecedor de las sirenas aumentaba a su alrededor. Sintió que el corazón se le aceleraba cuando la nave empezó a sacudirse... aunque no había despegado. Era la vibración del planeta entero, que se estremecía desde el mismo núcleo. Su madre le colocó un collar de cristal alrededor del cuello con manos temblorosas.

—Te queremos, Kara. Más de lo que puedas llegar a imaginar —dijo.

Su padre las envolvió en un abrazo.

—Pero, ¡mamá, no entiendo nada! —protestó la joven, presa del pánico. Sus padres la estrecharon con más fuerza en la entrada de la nave—. ¿Qué ocurre? ¿Hice algo malo?

—Tú no has hecho nada malo —le aseguró su madre, apartando los mechones rubios de los ojos de su hija con delicadeza. La preocupación se dibujaba en su rostro—. Haz las cosas siempre lo mejor que puedas, Kara, y todo saldrá bien. Te lo prometo. Tienes alma de heroína.

Sus padres siempre habían sido personas fuertes y sensatas, por lo que no estaba preparada para verlos llorar cuando le ajustaron los cinturones del único sillón de

mando de la nave y se alejaron. De pronto, la puerta se cerró con Kara dentro... sola. La niña apoyó las manos contra el cristal y su madre hizo lo mismo desde el otro lado. Su padre la apartó apenas unos segundos antes de que la nave despegara.

Entonces, sin entender aún qué estaba pasando, una explosión potente y ensordecedora sacudió la nave de Kara, que ya se adentraba en la oscuridad a toda velocidad. Los escombros alcanzaron el diminuto vehículo, que empezó a dar vueltas como las manecillas de un reloj cucú enloquecido. Si no hubiera llevado puesto el cinturón, habría acabado zarandeada como una muñeca de trapo en el interior del estrecho cubículo de la nave. Sin embargo, sólo perdió la conciencia.

Lo que menos se imaginaba era que la nave se había salido completamente de su ruta a una velocidad superior a la de la luz. Y a esa velocidad, el tiempo experimentaba cambios extraños, como acabaría averiguando.

Cuando Kara se despertó, la envolvía el silencio. Habría preferido oír el ruido ensordecedor de los escombros golpeando la nave... al menos así se habría distraído con algo. Gracias al panel de navegación, vio que se dirigía a la Tierra, un planeta que se hallaba a 21.7 años luz de distancia, habitado por una especie de alienígenas a los que llamaban humanos.

Navegando con piloto automático, la nave finalmente empezó a disminuir la velocidad ya próxima a la atmósfera de la Tierra. Cada vez más cerca, vio por la ventanilla un planeta en forma de canica azul. El sol amarillo asomó por el horizonte y formó una resplandeciente cresta dorada que se arqueó sobre la superficie. A medida que se aproximaba, Kara iba descubriendo inmensas extensiones azules, remolinos blancos y retazos verdes. Las montañas y los mares no tardaron en aparecer. Aunque no comprendiera cómo, descubrió que al concentrarse incluso distinguió potros salvajes galopando por las praderas, el tráfico que colapsaba las ciudades y casas habitadas por familias felices, en las que detuvo más tiempo la mirada.

Sin embargo, justo en ese momento, empezó a sonar la señal de emergencia y la nave comenzó a sacudirse de manera incontrolable al entrar en la atmósfera terrestre. Kara esperó que la suerte la acompañara, preparándose para lo peor.

CAPÍTULO 2

En el mismo corazón de Estados Unidos, donde los tallos dorados del maíz trataban de alcanzar el inmenso cielo azul, la adolescente Kara Zor-El se sentía sola. A pesar de que en la cuidada casita amarilla siempre reinaba la alegría, se limitaba a fingir su felicidad.

La joven se secó las lágrimas con el dorso de la mano, mientras contemplaba su dormitorio recién pintado de color morado y lleno de pósteres de los grupos más famosos y de peluches, algunos con las etiquetas del precio todavía colgando. Por mucho que dijeran que aquélla era su habitación, Kara deseaba volver a casa. Sin embargo, era imposible.

Smallville, Kansas, Estados Unidos, la Tierra, estaban muy lejos de Krypton, como otro huérfano kryptoniano había averiguado hacía mucho tiempo...

Lo habían enviado a la Tierra siendo aún bebé cuando su planeta explotó, pero creció hasta convertirse en el mayor héroe de su planeta adoptivo. Los Kent eran los terrestres que lo habían acogido, lo criaron y lo quisieron como a un hijo. Y cuando los sentidos superdesarrollados del kryptoniano habían detectado la nave de Kara estrellándose contra la atmósfera, la rescató y la llevó a vivir con su familia. Sin embargo, ¿cómo era posible que él fuera un adulto mientras ella seguía siendo una adolescente si habían salido de Krypton al mismo tiempo? «Trayectorias distintas a través del espacio... Agujeros de gusano y cosas por el estilo» eran algunas de las posibilidades que se le habían ocurrido para tratar de explicárselo a una Kara que seguía sin salir de su asombro. La ruta que tomó la nave de la joven al abandonar el desafortunado planeta había dado un rodeo mayor que la de Superman, ¡y ella llegó a la Tierra casi veinte años después que su compañero kryptoniano!

—Tengo muchas cosas que contarte cuando llegue el momento —había dicho Superman mientras la dejaba en el sofá de la sala de los Kent. Tía Martha y tío Jonathan observaban angustiados—. Pero, por ahora, tienes que adaptarte a la vida en la Tierra. Tendrás poderes que desconoces y que aumentarán bajo este sol amarillo. Utilízalos con prudencia, Kara. Aquí estás a salvo y en buenas manos. Te lo prometo.

Antes de que la joven pudiera decir nada, Superman ya se había ido.

La vida de la kryptoniana había quedado patas para arriba. Su planeta y todo lo que conocía y amaba ya no existían. El único consuelo que le quedaba era el collar de cristal que su madre le dio.

A pesar de lo bien que la trataban, Kara sabía que tía Martha y tío Jonathan la compadecían. Y lo cierto era que ella también. ¿Y quién no? Imagínense, estás haciendo una tarjeta de felicitación para tu madre y de pronto te ves lanzada hacia el espacio a toda velocidad... mientras contemplas, a solas, la destrucción de tu planeta a través de la ventanilla de una nave.

Sabía que los Kent hacían todo lo posible por ella, y por eso intentaba mostrarse feliz y optimista. Ayudaba en lo que podía sin que tuvieran que pedírselo, tanto en la casa como en la granja. ¡Una chica que en Krypton incluso odiaba hacer la cama prestándose voluntaria para lavar la ropa! Sin embargo, en la Tierra las cosas eran distintas. No era como estar en casa.

Le había ocurrido algo extraño en el breve tiempo que llevaba en este planeta. Como le había advertido Superman, de pronto poseía tales superpoderes que temía estornudar por miedo a dañar algo o a alguien. Ni siquiera sabía cuántos poderes tenía, y encima aumentaban a mayor velocidad de la que habrían imaginado tanto los Kent como ella. La primera vez que fue a recoger unos huevos al gallinero, se rompieron nada más tocarlos. Cuando los Kent le pidieron ayuda para recuperar tres vacas que se habían descarriado, Kara acabó lanzando una por los aires sin querer. Por suerte, atrapó a la asustada res antes de que se estampara contra el suelo. Sin olvidar la primera vez que probó la visión láser. Los rayos que emitieron sus ojos fueron tan potentes que, cuando alcanzaron el maizal, empezaron a llover palomitas de maíz sobre el pueblecito de Smallville, para gran alegría de los dueños del autocinema.

Aun así, a pesar de los accidentes, había un superpoder del que nunca se cansaba: volar. Al principio, procuraba no apartarse de la granja de los Kent, por lo que jamás se alejaba más que unos cuantos estados. Más tarde, acabaría volando más alto y más lejos, para ponerse a prueba. Cuando surcaba el aire, se sentía en paz y recordaba a sus padres y el hogar que los tres habían compartido. Ahora, su hogar lo formaban tía Martha y tío Jonathan, tuvo que decirse una vez más. Sin embargo, a pesar de lo cariñosos y bondadosos que eran, la amabilidad de los Kent hacía que añorara aún más a sus padres.

El poco tiempo que Kara Zor-El pasaba en la granja de los Kent era como estar protegida dentro de un capullo: caliente y a salvo, aunque sus poderes cada vez parecían más fuera de control. Por la noche, antes de irse a la cama, solía pensar en la manera como había cambiado su vida. Y aunque no lo supiera, estaba a punto de volver a cambiar.

CAPÍTULO 3

Con el paso de las semanas, Kara se acomodó a una rutina. Madrugaba para ayudar en la granja, disfrutaba de deliciosos platos caseros y se iba a la cama cansada después de pasarse todo el día apilando pacas de paja, levantando maquinaria y tendiendo kilómetros de valla.

—Es como si Clark estuviera aquí —comentó tía Martha, llamando a Superman, el compañero kryptoniano de Kara, por su nombre terrestre.

—Es un buen chico —afirmó tío Jonathan mientras limpiaba uno de los trofeos de su hijo adoptivo—. Y le va bien en la universidad, aunque los estudios no le dejan tiempo ni para respirar.

—Hablando de estudios... —dijo la mujer con tacto—. Kara, ya es hora de que vayas pensando en prepararte para ir a la escuela. Estamos encantados de tenerte aquí, pero...

Tío Jonathan asintió con la cabeza, aunque en su mirada se leía la preocupación mientras su mujer seguía hablando.

—Bueno, habíamos pensado en Super Hero High. Deberías estar con chicos de tu edad. Además, por mucho que te queramos, ya no sabemos qué hacer para ayudarte a controlar tus poderes. Tu lugar está con los expertos que sepan guiarte. Nosotros sólo somos simples mortales.

Kara levantó la vista de la libreta donde había estado garabateando un dibujo de sus padres. Los Kent eran mucho más que simples mortales, pensó. Eran tía Martha y tío Jonathan, y se sentía a salvo con ellos. ¿Es que querían quitársela de encima? Sabía que sus intentos por ayudar en la granja a menudo provocaban el caos. ¿Era por lo del incidente del silo de maíz? Ella no pretendía volcarlo cuando, por accidente, se estampó contra él en pleno vuelo. Después de que alguien subiera un video en internet donde aparecía devolviendo el silo a sus cimientos, algunos habían empezado a decir que era la prima de Superman. Incluso había quien la llamaba Supergirl.

—Pero Superman vivió aquí muchos años —protestó Kara.

—Cariño, tu primo llegó siendo un bebé —repuso tía Martha—, y sus poderes crecían con él. Fueron desarrollándose poco a poco, con el paso de los años.

—Pero en tu caso —intervino tío Jonathan—, tus poderes superan con mucho lo que ninguno de nosotros hubiera podido imaginar. Y aumentan cada día.

La joven siempre había sabido que, tarde o temprano, tendría que ir al colegio. Es lo que habrían querido sus padres. Sin embargo, había pensado que Korugar Academy, situada a varios sectores de allí, sería una buena opción. Algunos de los adolescentes más poderosos de la galaxia iban a ese instituto. E igual que ella, la mayoría eran alienígenas de un modo u otro. Tal vez allí no se sintiera tan... fuera de lugar. Sin embargo, los Kent parecían decididos a enviarla al *alma mater* de Superman.

—Mira su página web —la animó tío Jonathan.

—Creo que te gustará —añadió tía Martha, sonriéndole con candor. Kara intentó devolverle la sonrisa.

Una vez en su habitación, se acercó a la pantalla, en la que estaba viendo el video de reclutamiento de Super Hero High. Para su sorpresa, y a pesar de las dudas iniciales, el instituto empezó a interesarle. Le resultó atrayente y fascinante, y todo el mundo parecía muy cordial. No pudo evitar verse arrastrada por el entusiasmo mientras navegaba por las distintas secciones de la página web del instituto. Las que más le gustaban eran las de Wonder Woman. La princesa guerrera de las amazonas era una chica fuerte y segura de sí misma, y a diferencia de Kara, daba la impresión de que lo tenía todo bajo control. También leyó varios artículos sobre ella en la página web del *Daily Planet*. Los había escrito una reportera adolescente llamada Lois Lane y hablaban de algunos de los rescates más legendarios de la heroína cuando el peligro amenazaba la ciudad de Metropolis.

Ansiosa por saber más, abrió un enlace que llevaba a algo llamado *Los Quinntaesenciales de Harley*, y apareció una chica con coletas llamada Harley Quinn, que prometía: «¡Todo Harley a todas horas!, donde encontrarás lo último en noticias, comentarios y chismes sobre los superhéroes adolescentes!». Vio un video, luego otro y a continuación otro más. Las grabaciones de *Los Quinntaesenciales de Harley* en las que aparecían los alumnos de Super Hero High estampándose contra paredes o chocando entre ellos, volcando carros blindados sin querer, creando el caos en el laboratorio de química o sufriendo un mal día no parecían tener fin. Le gustó lo mucho que la hicieron reír, sobre todo porque lograron que no se sintiera como la chica más torpe del planeta.

Aun así, se dijo con tristeza, si se pareciera un poco más a Wonder Woman, tal vez conseguiría encajar. La princesa amazona nunca perdía su elegancia, ni siquiera en los videos sobre meteduras de pata de *Los Quinntaesenciales de Harley*.

Kara se recolocó la diadema que impedía que el pelo le cayera sobre la cara y se ató las agujetas de los tenis de color rojo. Se miró en el espejo y se estiró el top azul, adornado en el centro con el emblema de la familia. Se aclaró la garganta, extendió la mano y practicó en voz alta: «Encantada de conocerte, Wonder Woman. Me llamo Kara Zor-El». A continuación, llevada por un impulso, probó con: «Me llamo... Supergirl».

Después de todo, tal vez estaría bien ir a Super Hero High.

Kara dedicó el resto de la tarde a investigar. Super Hero High acababa de ganar el centenario del Supertriatlón gracias a Wonder Woman y a su equipo, y tenía fama de formar a los mejores y más brillantes jóvenes superhéroes. Sólo había que fijarse en lo bien que le había ido a su primo.

Por otro lado, Korugar Academy también se enorgullecía de contar con una extensa lista de alumnos famosos y que poseían grandes poderes. Y, además, no había exámenes.

Sin embargo, Wonder Woman iba a Super Hero High. Además, la directora, Amanda Waller, se había dirigido a Kara personalmente y le había enviado una videoinvitación donde decía: «Espero de todo corazón que te unas a la familia de Super Hero High».

Aunque también era cierto que Korugar Academy tenía fama de acoger a muchísimos alumnos procedentes de lugares lejanos. Contaba con una de las mayores inscripciones de alienígenas de todo el sistema solar.

Era una decisión difícil, y era ella quien debía tomarla. Escogiera la que escogiera, estaba claro que influiría grandemente en su vida.

—¡Kara! Tenemos que irnos. ¿Estás lista? —la llamó tía Martha desde el pie de la escalera, devolviéndola a la realidad.

—¡Sí, enseguida bajo! —contestó la joven.

Buscó la maleta por el dormitorio con su visión de rayos X y la vio enterrada debajo de una montaña de cobijas y ropa. Como un torbellino, la hizo en un santiamén, ordenó la habitación y, pocos segundos después, salió al descanso.

—¡Voy! —dijo, justo antes de tropezar y caer rodando por la escalera. Se le escapó la maleta, que se abrió en el aire y el contenido salió volando en todas direcciones, incluido el folleto de Korugar Academy.

«¡Gracias por pensar en Korugar Academy! —recitó una voz robótica, que procedía del folleto que planeaba por la habitación—. ¡Ubicada en el sector espacial 1417, Korugar es tu destino más remoto para la educación secundaria! ¡Nuestro instituto no exige exámenes de admisión! ¡No hay calificaciones! Conseguirás sacar lo mejor que hay en ti porque no aceptamos nada por debajo de eso. ¡Ven con nosotros a Korugar Academy!»

Kara rebotó contra las paredes, rompió muebles, destruyó la colección de búhos de cerámica de tía Martha y derribó los estantes de lámparas de queroseno antiguas de tío Jonathan mientras intentaba atrapar la maleta y su contenido.

—¡Vaya, me has dejado impresionada! —exclamó tía Martha, saliendo a gatas de debajo de la mesa del comedor.

Kara contempló el caos que la rodeaba, era como si un huracán hubiera arrasado la casa. Tal vez era lo que había ocurrido... y se llamaba Supergirl.

—Gracias por ayudarnos a deshacernos de esas antigüedades —dijo la mujer con tono alegre—. ¡Así ya tenemos una excusa para redecorar la casa!

Tío Jonathan entró en ese momento, procedente del granero, y echó un vistazo a su alrededor.

—¡Buen trabajo! —comentó, sin inmutarse ante el desorden.

Supergirl agachó la cabeza, avergonzada.

—Super Hero High te ayudará a controlar tus poderes —le prometió tía Martha, rodeándola con un brazo—. Te va a encantar.

—De allí salen los mejores superhéroes del gremio —añadió su marido, convencido.

Kara era un mar de dudas. Sabía que el nivel de Super Hero High era elevadísimo. Los entrenamientos rigurosos, los exámenes continuos, la presión por hacerlo bien... Ella sólo era una chica de Krypton que no sabía controlar ni la más básica de sus habilidades. ¿Y si no quería ser una superheroína? ¿Alguien le había preguntado?

«¿Cómo voy a ser una superheroína si ni siquiera sé cómo evitar ser un superdesastre?», se preguntó.

Miró el folleto de Korugar Academy que había en el suelo. En ese momento decía: «Ven con nosotros... Ven con nosotros... Ven con nosotros...». Lo recogió y lo tiró a la basura, esperando que los Kent no lo hubieran visto.

Kara se despidió de sus tíos e inició su ascenso hacia el cielo, con la maleta en la mano. Dio un par de vueltas al planeta, tratando de sacudirse las dudas de encima. Al mirar hacia abajo, se fijó en lo bella que era la Tierra. Parecía una *quilt* colorida hecha con retazos de múltiples y extraordinarios paisajes y culturas. Gracias a su superoído, prestó atención a la música que captaba a su paso por los continentes y se detuvo a escuchar a una chica, más o menos de su edad, que tocaba el violín con tal pasión que, con sólo oírla, Kara se sintió más fuerte.

De manera instintiva, cerró la mano sobre el collar de cristal y éste empezó a brillar. Ojalá sus padres estuvieran a su lado. Su padre siempre había querido viajar. Le habría gustado vivir esa experiencia con él.

«Haz las cosas siempre lo mejor que puedas, Kara, y todo saldrá bien. Te lo prometo —oyó decir a su madre—. Tienes alma de heroína.»

La joven aceleró, con las palabras de su madre resonando en sus oídos. A medida que iba dejando países atrás, se sentía más segura, más decidida y con ganas de empezar desde cero. Poco después, atravesó las nubes, saludó a los aviones junto a los que pasaba como una bala, y remontó hacia una ciudad llamada Metropolis, donde le esperaba una nueva vida.

CAPÍTULO 4

A ciento cincuenta kilómetros de distancia, y gracias a su visión telescópica, Kara distinguió el brillo cálido y acogedor de la emblemática Torre Amatista del instituto. Sujetó la maleta con fuerza en una mano e instintivamente se llevó la otra al collar de cristal, que lanzó un destello tan intenso como el de la Amatista. Antes de tocar suelo, se detuvo para echar un vistazo a través de un claro entre las nubes. Reconoció a Harley Quinn de *Los Quinntaesenciales de Harley*, que se dirigía al edificio principal haciendo vueltas de carro. Ver a Harley la alegró y la animó, y de pronto la asaltaron las ganas de formar parte de Super Hero High. Con energías renovadas, descendió en picada gritando: «¡Yujuuu! ¡Holaaaaaa!». Levantó una mano para saludar... y se le cayó la maleta.

Kara se lanzó a atraparla, pero lo único que consiguió fue estamparse contra la Torre Amatista, rebotar contra la cafetería y acabar hecha un ovillo en el suelo, mientras sus pertenencias quedaban repartidas por todo el instituto.

—¿Estás bien?

Todo le daba vueltas. Kara se incorporó y abrió los ojos. Estaba segura de que veía visiones... o, mejor dicho, ¡que no las veía! Oía una voz, pero ¿de dónde procedía? En ese momento se fijó en una abejita que zumbaba a su alrededor y agitó los brazos para espantarla.

—¡Eh! —protestó la abeja.

La joven observó estupefacta cómo el insecto volador se convertía en una chica más o menos de su misma estatura. Las alas amarillas de la superheroína brillaban al sol y unos mechones de color miel se entremezclaban en su melena oscura.

—Me llamo Bumblebee. No voy a hacerte daño —dijo. Tenía una voz cordial y una sonrisa sincera. La superheroína hizo un gesto para que se acercara a una chica pelirroja que llevaba un vestido verde sobre unas mallas del mismo color—. Te presento a Poison Ivy. ¡Hemos venido a ayudarte!

Poison Ivy se arrodilló a su lado y le tendió un ramo de flores, invitándola a olerlas.

—Su fragancia te ayudará a recuperarte —aseguró, evitando la mirada de Kara.

La joven kryptoniana enterró la nariz en el ramo y aspiró profundamente, deleitándose con el perfume floral. De pronto se sintió mejor.

—Gracias. Yo me... Yo me llamo Supergirl.

Ya estaba.

Lo había dicho.

¡Se había presentado como Supergirl!

Sin embargo, sin darle tiempo a saborear el momento, una sombra enorme se proyectó sobre ella.

Poison Ivy y Bumblebee se pusieron firmes de inmediato.

—¡Alumnos, inicien el protocolo de control de daños! —bramó una mujer de voz poderosa. Kara reconoció a la directora Amanda Waller por los videos del instituto—. ¡Wonder Woman, encargada de la revisión de la Torre Amatista!

Supergirl ahogó un grito. ¡Directo hacia la torre se dirigía nada más y nada menos que la princesa de las guerreras amazonas! ¡En persona! Volaba con la seguridad y la determinación que ella soñaba poseer algún día. Se moría de ganas de conocerla... aunque Wonder Woman estaba demasiado concentrada en la tarea que le habían encomendado para detenerse a charlar.

—Bumblebee, comprueba si se han producido daños microscópicos —prosiguió Waller—. ¡Barbara! ¿Dónde está Barbara Gordon?

—¡Aquí! —contestó una chica de pelo color caoba. La joven se recolocó los lentes y, a continuación, sacó una computadora de su cinturón multiusos—. Ya lo sé, que compruebe el sistema eléctrico. ¡Ya estoy en ello!

La directora se volvió hacia un gorila enorme que caminaba pesadamente hacia ellas. El saco informal le iba un poco pequeño y los botones amenazaban con salir disparados en cualquier momento. Llevaba un pañuelo rojo en el bolsillo superior.

—Subdirector Grodd, ¿se encarga usted? —preguntó la directora Waller. El gorila gruñó y asintió mientras masticaba un tallo de bambú—. Revísenlo todo —ordenó The Wall—. Cualquier grieta podría resultar catastrófica. Esa Amatista acumula más energía que una planta nuclear, suficiente para multiplicar por cien el poder del arsenal de un villano. La asamblea está a punto de empezar. ¡Tengo que irme! ¡Que alguien ayude a la chica nueva!

Sin soltar las flores, Supergirl se incorporó con la ayuda de Poison Ivy y Bumblebee.

—¡Estoy bien! ¡De verdad, estoy bien! —aseguró con una sonrisa radiante.

—No sé yo... —dijo Poison Ivy—. Te acompañaremos al auditorio. ¡Van a hacer un gran anuncio!

CAPÍTULO 5

Una vez en el auditorio, Supergirl observó a los adolescentes que llenaban el salón de actos. Todos parecían llevarse bien, ya fueran humanos, alienígenas, robots, animales o híbridos. Kara tenía muchos amigos en Krypton, y todos la conocían por su simpatía y optimismo. En otro mundo y en otra vida, ése podría haber sido su instituto. En cambio, era la chica nueva.

Decidida a causar una buena impresión, aspiró hondo y transformó su tristeza en una sonrisa. Todo el mundo guardó silencio, mirando al frente y sentados al borde de sus asientos, cuando Waller empezó a hablar sobre el próximo Héroe del Mes.

—¡¡¡Wonder Woman!!! —anunció la directora. La joven kryptoniana se pegó a la pared al tiempo que el auditorio estallaba en gritos de entusiasmo que hicieron retumbar el recinto.

En el estrado, la princesa amazona aceptó el galardón de Heroína del Mes con una mezcla de autoridad y elegancia. Era incluso más carismática en persona que en los videos.

—Wonder Woman, tu primer cometido como Heroína del Mes será enseñarle el instituto a la nueva incorporación a Super Hero High —le informó Waller.

¿Un nuevo alumno?

Supergirl enderezó la espalda. Antes de que la directora hubiera terminado la frase, ella ya iba dando saltitos por el pasillo con tal entusiasmo que se pisó las agujetas y empezó a rodar sin poder parar. Derribó a varios profesores, quienes a su vez chocaron con el comisionado Gordon y otro profesor, quien, por su parte, se estrelló contra las dos primeras filas de alumnos, que salieron volando por los aires en todas direcciones. Se desató el caos mientras Harley Quinn reía a carcajadas y lo grababa todo con su cámara para *Los Quinntaesenciales de Harley*.

Los súpers voladores reaccionaron antes de tocar el suelo y maniobraron de manera espectacular para ayudar a sus compañeros. Los demás superhéroes voladores del colegio también se lanzaron a echar una mano, con lo que convirtieron el desastre en un impresionante ejercicio de salvamento sincronizado.

Supergirl se acercó corriendo a Wonder Woman, y aunque tropezó un par de veces, volvió a recuperar el equilibrio de un salto, como si nada hubiera pasado. Le tendió la mano con una mirada radiante de alegría.

—¡Soy una superhipermegafán! —exclamó entusiasmada—. Estoy taaan emocionada de conocerte, Wonder Woman. ¡Espero que seamos amigas! ¿Lo seremos? ¡Por favor, di que sí!

—Sí, claro —contestó la superheroína con una sonrisa.

Los ojos azules de la joven kryptoniana brillaron de felicidad.

Los alumnos seguían aplaudiendo cuando la directora Waller se arregló el cuello del traje gris y carraspeó para que guardaran silencio.

—Supergirl, bienvenida a Super Hero High —dijo, tras recuperar la atención de la sala—. Esperamos que disfrutes en tu nuevo instituto y te apliques en tus estudios. Aquí tienes a Wonder Woman para ayudarte en todo lo que sea necesario —la superheroína de Paradise Island sonrió a Supergirl, que le devolvió el gesto—. ¿Te gustaría decir algo a tus nuevos compañeros? ¿Te apetece contarles algo sobre ti?

Kara se volvió hacia el auditorio. Todas las miradas estaban posadas en ella. ¿Les contaba que había perdido a sus padres y su planeta? ¿O que la ponía nerviosa ser la alumna nueva de un colegio con tanto prestigio y que estaba asustada?

Todo el mundo esperaba que hablara. Supergirl miró a Wonder Woman, que asintió con la cabeza, dándole ánimos. Tragó saliva y dijo a continuación, con tono alegre:

—Estoy emocionadísima de estar aquí, en Super Hero High. Y siento mucho, muchísimo haber tropezado. De hecho, ¡si me llaman Supertorpe en lugar de Supergirl, lo entenderé!

Unas risas cordiales recorrieron la sala y la joven se sintió arropada por las sonrisas.

Esa tarde, fiel a su palabra, Wonder Woman la acompañó para enseñarle el plantel, le presentó al resto de los alumnos y el personal, e incluso compartió con ella su inestimable visión de las cosas para aclarar todo lo que pudiera parecerle confuso.

—Esto son cereales —le informó cuando atravesaban

el comedor. Supergirl contempló fascinada los copos de múltiples formas y diferentes tamaños y colores que contenían los recipientes altos, gruesos y transparentes—. ¡Puedes comer todo lo que quieras! A mí me gusta mezclar los sabores.

Supergirl asintió. Se preguntó si se parecería un poco más a Wonder Woman si comía muchos cereales.

—Eso son chicos —prosiguió la princesa de las amazonas, señalando a Green Lantern y The Flash.

—Eh, Wonder Woman —la saludó The Flash con un gesto cordial—. Bienvenida a Super Hero High —añadió, dirigiéndose a Supergirl.

—Los chicos son exactamente iguales que nosotras, las chicas, aunque diferentes —le susurró Wonder Woman a Supergirl.

Kara asintió. Eso había oído.

—Ésta es la biblioteca. Aquí podrás encontrar prácticamente cualquier libro que busques.

«¿Cualquiera?», pensó Supergirl.

—¿Incluso sobre Krypton?

—¿Krypton? —preguntó la superheroína de Paradise Island, acercándose a ella.

Kara se vio asaltada por un repentino ataque de timidez. Al fin y al cabo, allí estaba su ídolo, acompañándola a dar una vuelta por el instituto, e incluso hablando con ella como si fueran amigas. «No me caería mal una amiga», se dijo.

—Cuando te presentan a alguien por primera vez, hay que estrecharle la mano —prosiguió Wonder Woman, echando a andar—. ¡Así!

Se acercó a varios alumnos con la mano extendida; algunos echaron a correr y otros se metieron las manos en los bolsillos, pero la mayoría se limitó a fingir que no la había visto. Miss Martian no tuvo tanta suerte. Le temblaba la mano cuando se la tendió a Wonder Woman, quien se la estrechó y la zarandeó con tanta fuerza que la cabeza de Miss Martian empezó a botar arriba y abajo hasta desaparecer. Literalmente.

—¡Vaya! ¿Adónde ha ido? —preguntó la guerrera amazona—. Debe de ser muy divertido tener el poder de la invisibilidad. Eso me recuerda que yo también tengo que irme. Ha sido un placer conocerte, Supergirl. Si tienes alguna pregunta, hazla, ¡no te inhibas! Ah, y por favor, llámame Wondy. ¡Así me llaman mis amigos!

—Wondy, ¿qué...? —fue a preguntar Supergirl, pero la superheroína ya había alzado el vuelo.

Sola, junto a su casillero —un armarito sólo para ella, situado en la segunda hilera, cerca del techo, por ser voladora—, la joven se preguntó qué debía hacer a continuación, por lo que sintió un gran alivio cuando vio que se le acercaba Bumblebee.

—¿Todo bien? —se interesó la alegre superheroína justo en el momento en que alguien doblaba la esquina y llamaba a Kara.

—Supergirl, soy Barbara Gordon. Vengo a darte la combinación del casillero —dijo—. También puedo echarte una mano con cualquier duda tecnológica que tengas.

—Es cierto —aseguró alguien en un susurro. Supergirl miró a su alrededor, pero no vio a nadie—. Soy yo —dijo Miss Martian suavemente, y se materializó delante de ella. La tímida chica verde parecía un poco afectada después del vigoroso saludo de Wonder Woman—. Leo la mente. Y sí, es cierto, todo el mundo es muy agradable y servicial. Bueno, casi todo el mundo.

Supergirl notó que la observaba una chica con un precioso traje color lavanda. No parecía muy cordial. Miss Martian volvió a desaparecer.

—Ignora a Star Sapphire —le susurró Bumblebee al oído—. Es una niña rica y mimada, así que igual no es la mejor amiga del mundo.

La joven kryptoniana tomó nota, pero al mismo tiempo se recordó que, con todo lo que había ocurrido ese último mes, quería —no, necesitaba— hacer todos los amigos posibles. Echaba de menos una vida llena de amigos.

—¡Hola! —dijo Supergirl, saludando con la mano a Star Sapphire.

Ésta respondió con un gesto de cabeza casi imperceptible y en ese momento empezó a brillar el anillo que llevaba. De pronto, Supergirl se sintió feliz en presencia de la Violet Lantern, pero cuando ésta se volvió y se alejó, volvió a sentirse sola.

CAPÍTULO 6

—¡**B**uenos días!...

»¡Buenos días!...

»¡Buenos días!... —Supergirl se aseguraba de saludar a todo el mundo que veía, con una sonrisa. Igual así querrían ser sus amigos. Nunca sobraban amigos, ¿no?

»¡Buenos días!...

»¡Buenos días!...

»¡Buenos días!... —repetía, con una sonrisa radiante.

Wonder Woman estaba junto al dispensador de cereales, con cara de felicidad, llenando varios tazones de copos crujientes y deliciosos.

—¡Ven a sentarte con nosotros! —le dijo a Supergirl cuando ya se dirigía hacia su mesa.

Kara miró la crepa crujiente de color café oscuro y los huevos revueltos de un gris verdoso que llevaba en la charola. Le recordaron los desayunos copiosos de tía Martha, aunque tenían una paleta de colores completamente distinta. La joven kryptoniana sonrió a Wonder Woman, tomó un tazón grande y contestó:

—¡Enseguida voy!

Si Wonder Woman era fan de los cereales, entonces ¡ella también!

Una chica elegante, con un pelo lacio, negro y brillante, quitó la espada de una silla vacía y le dejó sitio.

—Puedes sentarte aquí —dijo. La joven lanzó un plátano pelado al aire y lo cortó de tal modo que, al caer, cubrió su wafle formando una K.

—Me llamo Katana.

Supergirl le tendió la mano para estrechársela, con lo que acabó tirando el plato de cereales. Contempló horrorizada cómo los copos dulces y coloridos rodaban por el suelo. Empezaron a oír crujidos por todo el comedor cuando los súpers pisaban el desaguisado sin querer, intentando evitarlo, aunque había quienes los aplastaban a propósito. Parasite gruñó y tomó una escoba. Su piel morada hacía juego con el uniforme azul grisáceo de conserje. Aunque odiaba ir limpiando detrás de los adolescentes, aquello era mejor que la cárcel, donde habían acabado muchos de sus amigos.

Wonder Woman intentó animar a Supergirl con una sonrisa y le ofreció uno de sus siete platos de cereales, que la joven aceptó con un gracias.

—¡Buenos días, compañera de cuarto! —dijo la kryptoniana, saludando a Bumblebee. Las lunitas y las estrellitas estaban deliciosas.

Bumblebee le devolvió el saludo con un gesto somnoliento. Habían estado despiertas toda la noche. El día anterior, después de que la superheroína de mechas de color miel le hubiera dicho con gran generosidad «Si tienes alguna pregunta, hazla, ¡no te inhibas!», Supergirl había hecho una lista.

Kara miró la libreta y estaba a punto de retomar el

cuestionario cuando Bumblebee tomó un largo trago de té con limón y miel y se le adelantó:

—¡Eh! ¿Y si damos una oportunidad a los demás?

—Ah, ok —contestó Supergirl, mirando a su alrededor. Todo el mundo evitó su mirada, menos Wonder Woman.

—¡Adelante, dispara! —la animó. ¿Siempre era así de simpática?, se preguntó la joven kryptoniana.

Supergirl: ¿Super Hero High tiene mascota?

WW: Todavía no.

S: ¿Qué profesor es exigente?

WW: Todos.

S: ¿Qué pasa cuando se descontrolan tus poderes?

WW: Nos pasa a todos. Practicas, practicas y sigues practicando.

S: ¿Podemos pedir una credencial de estudiante nueva si no nos gusta la foto?

WW: No, pero no te preocupes, nadie sale bien en las fotos de las credenciales.

Para demostrárselo, le enseñó la suya. Salía con los ojos cerrados. Supergirl intentó reprimir la risa. Katana le echó un vistazo y, sin decir palabra, plantó la suya encima de la mesa. En la foto parecía como si acabara de chupar un limón. Bumblebee dejó el té y les enseñó la suya. Todo el mundo estalló en carcajadas.

—Vaya... —comentó Cheetah, aprovechando que pasaba tranquilamente por allí para echar un vistazo a las fotos—. Es imposible salir bien, ¿verdad?

Supergirl negó con la cabeza, incapaz de hablar de tanto que reía. La suya era la peor, tenía un ojo medio cerrado y hacía un gesto raro con la boca, muy poco favorecedor.

—Ésta es la mía —dijo Cheetah.

Todo el mundo guardó silencio alrededor de la mesa,

pasmado, mientras iban pasándose la credencial de Cheetah, que se encogió de hombros.

—¿Qué puedo decir? No tenía un buen día.

Supergirl le devolvió la credencial. La heroína felina salía guapísima en la foto. Su larga y abundante melena castaña tenía unos rayos de color ámbar que favorecían su piel tostada y sus enormes ojos cafés. Más que una sonrisa, esbozaba una sonrisilla, pero aun así parecía modelo.

—Hasta luego, señoritas —se despidió con voz susurrante, metiendo la credencial en la mochila. Antes de irse, señaló la foto de Supergirl—: ¡Has salido tal como eres! —comentó.

—No, pues claro que no pareces idiota —aseguró Wonder Woman cuando entraban a Introducción a Supertrajes. Supergirl seguía preocupada por la foto de su credencial—. Estás bien.

—¿En serio? —la joven kryptoniana notó que se sonrojaba.

—¡Pues claro! Bueno, en la credencial no, ahí estás rara. Pero ¡me encanta tu traje!

Supergirl sonrió de oreja a oreja. Viniendo de Wonder Woman, era todo un cumplido. El traje de su amiga era magnífico: mallas azules ribeteadas de estrellas y botas rojas altas adornadas con alas. Luego estaba el top rojo, con una V dorada que iba de un hombro a otro, y la tiara con la estrella de rubí coronando su abundante y larga melena morena... ¡Guau!

—Esta clase me ayudó a diseñar el traje —le explicó Wonder Woman—. Si quieres cambiar de look, es tu oportunidad.

Kara vaciló. Creía que la princesa de las amazonas había dicho que le gustaba su traje, pero tal vez se había equivocado...

—¡Supergirl! —la llamó Crazy Quilt. El profesor vestía un chaleco de *patchwork*, una camisa abombada de color morado y unos pantalones ajustados—. Ven, ven, ven aquí. ¡Que te veamos bien!

La joven se dirigió corriendo al frente del aula, pero antes de llegar —¡PATAPLAM!— derribó una cesta con unas plantas de boca de dragón que Poison Ivy había dejado en el borde de su mesa.

—¡Lo siento mucho! —se disculpó, mientras ayudaba a Poison Ivy a recoger las plantas antes de que atacaran a alguien.

—No pasa nada —aseguró la tímida superheroína, agitando la melena cobriza. Movió las manos y ordenó a las plantas, que no dejaban de dar bocados al aire, que volvieran a la cesta y luego cerró de nuevo la tapa blanca de mimbre.

—Supergirl —volvió a llamarla Crazy Quilt—, vamos, ven aquí adelante.

El profesor empezó a comentar su traje mientras ella esperaba en posición de firmes y se mordía el labio: falda roja corta y con vuelo, ribeteada de amarillo; top del mismo tono azul que las mallas de Wonder Woman; cuello blanco, mangas cortas y botas deportivas.

—Mmm... —murmuró Crazy Quilt, dando tantas vueltas alrededor de su alumna que ésta empezó a marearse—. ¡Mmm...!

Se detuvo delante de ella con los brazos cruzados. Asintió, luego negó con la cabeza y volvió a asentir.

—Sí, sí —dijo al fin—. Hay cosas que pueden mejorar,

¿no creen? Como esa S enorme del top. Seguro que se nos ocurre algo mejor, ¿cierto? —miró a la clase, diciendo que sí con la cabeza ante su propia propuesta.

Supergirl quiso decir algo, pero antes de que le diera tiempo a hablar, Crazy Quilt empezó a aplaudirse.

—¡Sí! ¡Brillante! ¡Ya lo tengo! ¡El alumno que sea capaz de sacarle el mayor partido a tu traje tendrá un punto extra!

—Ok, pero a mí me gusta... —intentó decir Supergirl.

—Pues claro que te gusta mi idea —la interrumpió el profesor, hinchándose de orgullo y estirándose las puntas del chaleco—. A ver, clase, ¿a ustedes también les gusta?

Star Sapphire, Miss Martian y The Flash asintieron. Los puntos extras estaban bien. Estaban muy bien, ya que ayudaban a subir el promedio de la materia. Y en Super Hero High sacar buenas calificaciones —además de adquirir conocimientos sobre el universo y aprender a luchar— era importante.

—Disculpe —dijo Supergirl, intentando llamar la atención de Crazy Quilt con unos golpecitos en el hombro—. Pero es el emblema de mi familia y...

—¡No te preocupes! —la tranquilizó él. La joven dejó escapar un suspiro de alivio, hasta que oyó que añadía—: ¡Lo mejoraremos!

Kara sintió un nudo en la garganta. No quería mejorarlo, le encantaba el escudo de su familia, estaba orgullosa de él. De hecho, le encantaba su traje. Se lo había hecho su madre. Sin embargo, antes de que pudiera decir nada más, Crazy Quilt ya había empezado a detallar entusiasmado en qué consistiría la tarea para obtener ese punto extra y la clase se había puesto manos a la obra de inmediato.

CAPÍTULO 7

Wildcat levantó la vista de la carpeta. La clase de Educación Física había empezado.

—He oído cosas buenas sobre ti, Supergirl —gruñó—. Ahora veremos si lo que dicen es cierto.

—¿Y qué dicen? —preguntó la joven, curiosa. ¿Quién hablaba de ella? ¿Alguien había dicho algo malo?

—Que eres la chica más fuerte del mundo —le susurró Cheetah al oído—. Aunque si eso es cierto, vas a tener que demostrarlo.

Supergirl sonrió a su compañera de clase. Tenía la sensación de que no le caía bien, pero no sabía por qué, así que decidió que sería el doble de simpática con ella.

—¡Adelante! —ordenó Wildcat, quien a continuación observó con atención y en silencio a Supergirl mientras realizaba toda una serie de pruebas: levantamiento de pesas, luego de coches y a continuación de rocas. Y luego captura de misiles en pleno vuelo. Después de cada test, Kara miraba al profesor para saber qué le parecía lo que había hecho, pero él se limitaba a asentir y a anotar unos números en la carpeta.

Finalmente, Wildcat se decidió a hablar:

—Clase —dijo. Su voz grave y áspera inspiraba respeto. Era quien había entrenado y llevado a la victoria al equipo de Super Hero High en el reciente centenario del Supertriatlón. Supergirl estaba al tanto de todo gracias a los videos de Harley—. Clase —repitió—, he repasado las estadísticas, y aunque sólo se trata de una prueba preliminar, ¡tiene pinta de que Super Hero High podría contar con la adolescente más poderosa del mundo!

—¡Wonder Woman! —se le escapó a Supergirl en voz alta. Wondy era buena en todo.

—¡Supergirl! —la corrigió Wildcat—, pero no te la creas demasiado, no estaremos completamente seguros hasta que lleguemos a las pruebas que de verdad cuentan.

La joven vio que la directora Waller le hacía un gesto con la cabeza al profesor desde el fondo de la clase antes de seguir su camino.

Wonder Woman parecía bastante afectada, pero respiró hondo y se dirigió hacia Supergirl con paso decidido. Con la cabeza bien alta, fue la primera en felicitarla.

—Una noticia magnífica, Supergirl —dijo, asintiendo al mismo tiempo—. Te lo mereces.

—Pero, pero... Yo creía que tú eras la... —balbució la joven kryptoniana.

Wondy se encogió de hombros.

—Lo era, pero hay poderes de sobra. En cualquier caso, cuanto más fuerte seas tú, más fuertes seremos todos nosotros.

Cheetah se acercó a ellas y se estiró.

—Esa prueba no cuenta, no era oficial. Además, tus poderes no sirven de nada si no sabes controlarlos.

—Tú, ni caso —intervino Katana—. Es lo que yo hago.

Mientras Cheetah y Katana se lanzaban miradas asesinas, Harley Quinn se abrió paso entre ellas y plantó la cámara delante de la cara de la nueva alumna de Super Hero High.

—Supergirl, sabemos que posees una fuerza archidescomunal, pero ¿cuál es tu punto débil? Todo el mundo tiene uno. El mío son las papas fritas —calló un momento para reírse de su propia broma—. Eh, Supergirl, ¿es cierto que la kryptonita es el tuyo? —se enfocó a sí misma con la cámara y exclamó—: ¡Los seguidores de *Los Quinntaesenciales de Harley* quieren saber! —a continuación, volvió a enfocar a Supergirl.

—Supongo que sí... —susurró Kara, de manera que sólo pudiera oírla la superheroína de las coletas.

—¿Cómo dices? ¿En serio? —dijo Harley al objetivo, con los ojos abiertos como platos—. Bueno, lo siento, seguidores de *Los Quinntaesenciales*, pero eso es información restringida. ¡Restringida para ustedes!

—No cuentes todos tus secretos —le aconsejó Katana en un susurro—, podrían utilizarlos en tu contra. Como lo de decir que la kryptonita es tu punto débil. Esta vez Harley te ha cubierto, pero puede que la próxima no tengas tanta suerte.

Supergirl asintió, agradecida.

Lo que no añadió fue que tenía la sensación de poseer muchísimos puntos débiles. A diferencia de los demás súpers, que parecían muy seguros de sí mismos, apenas sabía hacer nada en esos momentos. Esperaba que nadie se diera cuenta.

★

—Lo he probado todo, pero no hay manera de que funcione —dijo Supergirl a Barbara Gordon.

—Deja que le eche un vistazo —la hija del comisionado Gordon examinó la computadora. Además de supervisar el departamento de policía, su padre había accedido a trabajar media jornada como profesor de Super Hero High—. ¿Cuál es el problema?

«He perdido a mis padres —pensó Supergirl—. Mi planeta ha explotado. Mi profesor quiere que cambie mi traje y no sé controlar mis poderes... Y eso es sólo el principio.»

—Quiero enviar un correo electrónico a mi tía Martha y a mi tío Jonathan —le explicó Supergirl, apartándose el flequillo—, pero la computadora no hace más que apagarse.

Barbara apretó un botón y el video de reclutamiento de Korugar Academy apareció en la pantalla. El número de vistas de la computadora de Supergirl ascendía a diecisiete.

—Parece que hay alguien interesado en Korugar —comentó Barbara, bromeando.

La joven kryptoniana se puso roja como un tomate.

—Es que... Bueno, a pesar de las pruebas de fuerza, sigo teniendo la sensación de que no estoy a la altura de los demás súpers. ¡Y mis poderes son un caos!

Se tapó la boca con las manos.

—¡Ay, vaya! —exclamó, avergonzada—. Por favor, haz como si no hubieras oído nada, ¿de acuerdo?

Barbara cerró la parte trasera de la computadora y dejó el pequeño desarmador que había estado utilizando.

—Me siento halagada por que hayas confiado en mí —dijo, quitándose los lentes. Sus ojos verdes la miraron con simpatía—. No te preocupes, no se lo diré a nadie. De hecho, puedo echarte una mano —aseguró—. Puedo utilizar mi tecnología y crear una serie de pruebas con las que puedas valorar tus progresos haciendo ejercicios y aprendiendo de las evaluaciones de los mismos —Barbara guardó silencio un instante. Ahora era ella la que parecía avergonzada—. Siempre y cuando quieras que te ayude, claro.

—¿De verdad harías eso por mí? —preguntó Supergirl con voz entrecortada.

—Pues claro —contestó la hija del comisionado—. Es lo que hacen los amigos. Ah, y puedes llamarme Babs si quieres. Harley empezó a decirme así y parece que se le ha pegado a todo el mundo.

Supergirl se sintió bien. Su primera amiga de verdad en la Tierra, y encima no podría haber pedido nadie más agradable. Se puso de pie y le propinó un fuerte abrazo.

—¡Me encantaría que me ayudaras! —aseguró—. ¡¡¡Gracias!!! ¡No sabes lo contenta que estoy de que también estés en Super Hero High!

—Uy, yo voy a Gotham High, sólo trabajo aquí —la corrigió Babs—. ¿Te importaría soltarme? —le pidió, intentando respirar, atrapada en el abrazo de oso de Supergirl—. Lo primero que debes hacer es averiguar lo fuerte que eres.

—Lo siento, únicamente tengo superpoderes desde que estoy en la Tierra y de eso sólo hace unas semanas —se disculpó.

—Lo sé —contestó Barbara—. No es mucho tiempo. Pero recuerda: para ser lo mejor que puedes llegar a ser tienes que utilizar tus superpoderes, tu supercerebro y tu supervoluntad. ¿Crees que podrás hacerlo?

—Sí —aseguró Supergirl, asintiendo con la cabeza—. ¡Superpoder, supercerebro y supervoluntad!

Cuando no trabajaba con Barbara, Supergirl se concentraba plenamente en hacer amigos. Por suerte, era muy simpática; sin embargo, por mucho que se esforzaba, también era propensa a sufrir accidentes y siempre andaba pisándose las agujetas desatadas, elevándose demasiado a demasiada velocidad y calculando mal su fuerza. Una vez que dejó a Cheetah colarse por delante de ella en la fila de la cafetería, tropezó con Cyborg y lo envió a la otra punta del comedor. En otra ocasión, se prestó a llevar el trabajo de ciencias de Star Sapphire y apachurró el minivolcán, con lo que la lava ardiendo acabó salpicando a Frost y el pasillo se llenó de vapor. Y también hubo la vez en que voló hasta uno de los estantes más altos para bajarle a Miss Martian un ejemplar de *Astrofísica y monumentos astromodernos* y volcó la estantería, y ésta, a su vez, volcó la siguiente y la de más allá, en un efecto dominó que prácticamente destruyó la biblioteca.

—¡Ay! ¡Lo siento mucho! Volveré a dejarlo todo como estaba —le aseguró a la atónita bibliotecaria—. Lo prometo.

Empezar en un nuevo colegio era duro, pero hacerlo en Super Hero High, con un nivel muy superior al de los demás, y encima a mitad de curso, con las clases ya comenzadas, le pasó factura a Supergirl, que no tardó en quedarse rezagada.

—Esto no tiene buena pinta —dijo la directora Waller, quitándose los lentes. Había estado leyendo un informe sobre su progreso—. No quiero que te estreses por las calificaciones; sin embargo, no voy a mentirte, son importantes.

Supergirl asintió. Pensó en Korugar Academy; allí no había exámenes, ni calificaciones, ni presión por obtener buenos resultados... o, al menos, eso era lo que el folleto parecía dar a entender.

En Krypton, era una de las mejores estudiantes. Aunque, claro, su escuela no estaba repleta de superhéroes aventajados.

—Te he asignado varios profesores particulares —le informó Waller—. Wonder Woman te ayudará con Armamentística. Harley estará contigo en Educación Física. Poison Ivy será tu compañera en Ciencias, y Hawkgirl se encargará de Superhéroes a lo Largo de la Historia. En Prácticas de Vuelo tendrás a Bumblebee. Y en Introducción a Supertrajes estarás con Katana.

Supergirl sintió que la embargaba un gran alivio. ¡La ayuda estaba en camino!

CAPÍTULO 8

A medida que transcurrían los días, Supergirl se sentía cada vez más tranquila con sus estudios. Sus profesoras particulares eran geniales... Bueno, aunque Katana no se caracterizaba por su paciencia cuando se trataba de cortar tela para Introducción a Supertrajes. A menudo, lanzaba rollos de tela al aire y recortaba los patrones antes de que tocaran el suelo. Luego estaba la clase de Ciencias, donde a veces Poison Ivy se entusiasmaba tanto que se saltaba los principios básicos y el laboratorio acababa volando por los aires... aunque siempre que ocurría se mostraba profundamente arrepentida. En Prácticas de Vuelo, Bumblebee olvidaba que Supergirl todavía no era una voladora experta y pretendía que realizara formaciones imposibles a su lado.

Cuando le tocaba con Hawkgirl, en Superhéroes a lo Largo de la Historia, la superheroína estaba tan obsesionada con los detalles que esperaba que Supergirl memorizara hasta las notas a pie de página, cosa que le ponía la cabeza como un bombo. Además, Harley no paraba de dar saltos por todas partes y de grabarla cuando no entendía algo, cosa que sucedía a menudo, y mordisqueaba un lápiz o se enroscaba un mechón de pelo en un dedo. Por lo demás, ¡todo iba a las mil maravillas!

—Disculpe, señor Fox, ¿por qué estoy en esta clase? Yo no llevo armas —preguntó Supergirl un día.

Lucius Fox, con su traje de lana y chaleco de corte elegante, parecía más un banquero de Wall Street que un profesor de Armamentística.

—¡Excelente pregunta! —exclamó, estirándose la pajarita—. ¿Quiénes de los que están aquí las utilizan?

Katana alzó su espada en el aire y unos cuantos alumnos más mostraron sus armas con orgullo.

—¿Quiénes de los que están aquí se enfrentan a ellas? —absolutamente todos los alumnos levantaron la mano. El señor Fox asintió—. En esta clase también se enseña a protegerte de las armas que podrían usarse contra ti. Por ejemplo, Supergirl, la kryptonita es tu punto débil, ¿correcto?

—Sí —contestó ella. A pesar de que no había experimentado en carne propia los efectos de aquel elemento radiactivo de color verde brillante, los Kent le habían advertido que podía consumir su fuerza. De hecho, incluso podía morir si permanecía en contacto con la kryptonita demasiado tiempo.

—Todavía no tenemos un antídoto contra la reacción de tu cuerpo ante la kryptonita —prosiguió el profesor—, pero podemos enseñarte a detectar la amenaza y a que sepas evitarla.

Supergirl tomó nota. ¡Pues claro! Un arma podía ser una herramienta... o un peligro, dependiendo de quién la empuñara. Estaba aprendiendo muchas cosas, y los momentos como aquél, en los que de pronto comprendía algo, hacían que todo lo que ocurría en su vida tuviera más sentido. Sin embargo, había muchas cosas que seguían abrumándola. ¿Era eso normal?

—¿Barbara? Barbara Gordon, ¿dónde estás? —la llamó el señor Fox.

La chica salió de detrás de la puerta.

—Ah, mírenla. ¿Llevas ahí todo el rato? —preguntó. La joven asintió casi con timidez. Supergirl se había percatado de que su amiga solía rondar por allí cuando había clase—. ¡Atención, súpers! —prosiguió el señor Fox, paseándose entre las mesas—. Barbara llevará a cabo un control de armas para asegurarse de que todas funcionan correctamente. Entréguenselas.

—Supergirl, ¿te importaría ayudarme a registrarlas en el sistema? —preguntó la hija del comisionado.

—¡Encantada! —se levantó de un salto y empezó a recoger las armas con tanto entusiasmo que algunas acabaron atravesando una ventana. La parte positiva fue que el señor Fox aprovechó para utilizar sus tropezones como punto de partida de una clase sobre armas y seguridad. A pesar de que Supergirl no dejó de sonreír en todo momento, por dentro la mortificaba haber decepcionado a Barbara y a su profesor.

Cuando llegó la hora de ir a clase de Introducción a Supertrajes, tenía un nudo en el estómago. Crazy Quilt recorría la pasarela, ansioso por ver qué se les había ocurrido a sus alumnos para el TPES (Trabajo de Punto Extra de Supergirl).

Cada vez que un compañero le entregaba algo que

añadir a su traje, o le mostraba un dibujo sobre lo que creía que debía llevar, ella se esforzaba por parecer agradecida. Algunos de los diseños eran muy serios, como el de Hawkgirl, prácticamente idéntico al traje de color gris que llevaba Waller. Otros eran excesivos, como el de Harley, que había añadido cuernos y petardos al traje de Supergirl. Algunos parecían prácticos, como la falda de múltiples bolsillos que había ideado The Flash. Y otros eran preciosos, pero resultaban poco funcionales, como el sensacional y destellante vestido de gala de Star Sapphire, a juego con unos zapatos de tacón con piedras preciosas incrustadas, con el que habría parecido una superestrella del pop.

Mientras los ansiosos alumnos aguardaban el veredicto, con la esperanza de haber ganado el TPES, Supergirl empezó a notar retortijones por culpa del estrés. Quería complacer a todo el mundo, pero ¿cómo iba a hacerlo? Y lo que era peor, ni siquiera estaba segura de que le convenciera alguno de los cambios que le habían propuesto.

—Ha llegado el momento. ¿Todo el mundo está listo? ¡Yo sí! ¡Adelante! —dijo Crazy Quilt, abriendo los brazos y alzándolos al aire. Aguardó unos segundos para añadirle mayor dramatismo—. ¿Quién se llevará el punto extra? ¿Quién de entre nosotros contribuirá a mejorar el traje emblemático de Supergirl? Un traje que le dirá al mundo quién es, de dónde viene y adónde va. ¡Un traje que, como el de todos ustedes, será su tarjeta de presentación!

Se apreció un cambio en el ambiente; los súpers enderezaron la espalda y admiraron sus propios trajes hasta que todas las miradas se volvieron hacia Supergirl, que se acercó despacio al frente de la clase, aunque el terror había apagado su entusiasmo habitual. Al principio, el silencio parecía calculado para aumentar el suspenso, pero no tardó en hacerse incómodo. Los súpers se miraron unos a otros, confundidos.

Crazy Quilt se inclinó hacia Supergirl.

—Estamos esperando —le recordó.

La joven kryptoniana asintió, consciente de que tenía que decir algo, y pronto.

—Me encanta todo lo que han hecho —empezó por fin con voz entrecortada.

Cheetah y Star Sapphire intercambiaron unas sonrisas cómplices. Hawkgirl y Poison Ivy estaban serias. Katana parecía bastante confiada. Harley le guiñó un ojo y luego la enfocó con la cámara.

—¡Adelante, dilo! —la apremió Crazy Quilt, ansioso por oír el veredicto—. ¿Quién se lleva el TPES? ¡El Trabajo de Punto Extra de Supergirl! ¡TPES! ¡TPES! ¡TPES! —empezó a corear, encantado con el sonido de su propia voz.

—Bueno, este... Nadie —respondió Supergirl con un hilo de voz.

Todo el mundo permaneció callado.

Crazy Quilt negó con la cabeza.

—No, no, no, no; la cosa no va así —le recordó con amabilidad el excéntrico profesor—. Tienes que elegir un diseño y el alumno que lo haya creado se lleva el TPES. ¡Y, como es bien sabido, Crazy Quilt es muy generoso con su punto extra!

Supergirl bajó la voz.

—Me encanta y agradezco todo lo que han hecho —dijo, dirigiéndose a la clase, sumida en silencio—. De verdad que sí, pero no quiero cambiar mi traje, el mismo con el que me presenté aquí, el que llevo puesto ahora mismo. Está perfecto como está.

—Pues te convendría —murmuró Cheetah—. Es tan aburrido que espanta.

—Verán... —intentó explicarse Supergirl, jugueteando con el collar de cristal sin darse cuenta—, me lo hizo mi madre. Lo diseñamos juntas.

Se quitó la capa y les mostró la pequeña etiqueta blanca que llevaba cosida en la parte interior y en la que se leía HECHO POR KARA Y ALURA.

Volvió a ponérsela y prosiguió, cada vez más segura.

—El rojo era el color favorito de mi madre, por eso la falda es roja. El azul real era el preferido de mi padre, por eso el top es azul. A mí me gusta el amarillo, como el ribete. ¿Lo ven? La capa es igual que la que llevaba mi padre de pequeño —respiró hondo—. El escudo, esta S grande, hace generaciones que pertenece a mi familia. Y en cuanto al calzado... Bueno, sólo creo que es genial.

»Como ha dicho Crazy Quilt —continuó con voz aún más firme—, nuestros trajes le dicen al mundo quiénes somos, de dónde venimos y hacia dónde vamos. Me llamo Kara Zor-El, soy hija única de Zor-El y Alura. Mi planeta, y todos los que vivían en él, ya no existen. Lo que llevo es en honor a mis padres y a mi planeta. Esto es lo que era y lo que sigo siendo —se volvió hacia el profesor—. Por favor, no me obligue a cambiarlo.

Crazy Quilt estaba sollozando, junto con la mitad de la clase. Se sacó un pañuelo de la manga y se sonó de manera estruendosa.

—Mi querida, queridísima niña —dijo, tomándola de las manos—, tu traje es perfecto tal como está —varios alumnos asintieron. Harley lloraba tan fuerte que apenas podía sostener la cámara—. Llevas tu traje con orgullo, y en cuanto al TPES, el cien por ciento del punto extra... te lo llevas tú.

Tras consolar a Crazy Quilt, Supergirl se volvió hacia la clase.

—Me gustaría compartir el punto extra con mis compañeros, que han trabajado tan duro por mí, y dividirlo en partes iguales entre ellos. ¿Podría ser?

El profesor asintió y volvió a romper a llorar al tiempo que contestaba:

—¡Sí, Supergirl! ¡Sí! ¡Qué gran superidea!

CAPÍTULO 9

Supergirl sólo tenía una libreta de color azul para todas las clases, aunque era grande. En esos momentos se encontraba en la de Superhéroes a lo Largo de la Historia, y acababa de empezar una página nueva cuando Liberty Belle anunció:

—Se me ha ocurrido un trabajo con el que van a disfrutar: harán un proyecto sobre la historia de su familia, que presentaremos en la Noche de las Familias.

Un murmullo de emoción recorrió el aula. Las familias de muchos súpers arrastraban una larga historia. Al fin y al cabo, al instituto habían acudido muchos de los superhéroes más famosos del universo, y muchísimos estudiantes casi habían heredado la plaza al tener parientes que habían estudiado ahí antes que ellos. Aun así, también había bastantes alumnos que no contaban con ningún superhéroe en su árbol genealógico, pero que estaban decididos a crear un legado propio y enorgullecer así a sus familias.

Supergirl deseó que sus padres pudieran ver lo lejos que había llegado, aunque sólo le concedió cinco segundos a aquel pensamiento. Nunca había querido ser una aguafiestas, así que ella, que siempre tenía una sonrisa, una palabra de ánimo o un chiste a punto, se propuso mostrarse incluso más alegre de lo habitual. Wonder Woman solía decirle a todo el mundo: «¡Supergirl encaja aquí a la perfección! ¡Su sola presencia ya te alegra el día!».

A la joven kryptoniana le gustaba oír aquello, se sentía muy bien tener amigos. Cuando estaba rodeada de gente, era feliz y estaba ocupada, y no había tiempo para nada más.

Sin embargo, por muy contenta que estuviera durante el día —levantando la mano en clase, ayudando a los demás, bromeando sobre su incapacidad para controlar sus nuevos poderes—, cuando se ponía el sol y las estrellas asomaban, la historia era muy distinta.

Las noches eran duras. Cuando estaba en la cama, con las luces apagadas, pensaba en sus padres, en sus amigos y en la vida que había quedado atrás después de la destrucción de Krypton.

A veces, incluso tenía pesadillas y se despertaba llorando, cosa que asustaba bastante a Bumblebee. Otras veces, soñaba que estaba cenando con sus padres y que hablaban de las vacaciones, planeaban ir a Wonderful World, el nuevo parque temático planetario destinado a las familias, que se encontraba a tan sólo dos sistemas solares de distancia. Kara no sabía qué era peor, si las pesadillas que la hacían despertarse sobresaltada, empapada en sudor frío, o los sueños que le partían el corazón cuando, al levantarse, descubría que no eran reales.

El Club del Tejido era uno de sus favoritos, aunque a veces se les iba de las manos y la cosa acababa con la confiscación de las agujas de punto y con los alumnos castigados. Sin embargo, nadie podía negar que las cobijas, suéteres y todas las prendas coloridas que tejían los miembros del club, cuando no se dedicaban a luchar entre ellos, eran espectaculares.

Supergirl se inscribió al club llena de buenos propósitos. Katana, que tenía muy buen ojo para los diseños más atrevidos, la había convencido.

—¡Puedes desarrollar toda tu creatividad en él! —le dijo entusiasmada—. ¡Mira esto! —Katana extendió un saco elegante que combinaba con unas botas, un gorro y una funda para la espada que había tejido con lana de color gris acero e hilo de Yeti de una extraña tonalidad amarillenta.

Con el paso de los días en Super Hero High, Supergirl tuvo tiempo para reflexionar sobre lo que Martha y Jonathan Kent habían hecho por ella: la habían acogido en su casa y se ocuparon de ella cuando era muy vulnerable. ¿Se los había agradecido siquiera? Pensó que lo mínimo que podía hacer por ellos era tejerles algo de regalo. No obstante, durante la primera sesión sólo consiguió desenredar una gigantesca madeja de lana y enredar a varios miembros del club en ella. Hizo falta la intervención del Club de Desactivación de Bombas Trampa del instituto, también conocido como Sociedad de Ingeniería Contra el Mal (SICM), para solucionar el problema. A pesar de que los súpers de la SICM eran expertos en el manejo de bombas y otros dispositivos incendiarios, nunca se habían enfrentado a la lana. Una vez que se solucionó el problema, Supergirl se deshizo en disculpas y acto seguido se puso manos a la obra. Su objetivo era tener el regalo listo para entregárselo a sus tíos la Noche de las Familias... Siempre y cuando se presentaran, claro. Estrictamente hablando, no eran familia.

Más tarde, se sentó en la cama y examinó su labor. Parecía hecha a base de nudos y no a base de puntos, pensó mientras le daba la vuelta a aquel revoltijo de lana de colores para verlo por todos los lados. Estaba tan enmarañado que ni siquiera consiguió encontrar las agujas de punto.

Llamaron a la puerta.

—¿Alguien ha pedido asistencia tecnológica? —preguntó Barbara, entrando.

Supergirl dejó la labor.

—Quería poner a mis tíos al día de la semana, pero descompuse la computadora —la hija del comisionado esperó a que su amiga añadiera un avergonzado—: Otra vez.

La tecnología no era el punto fuerte de Supergirl. Por suerte, a Babs se le daba de perlas.

Sin mirar siquiera, la joven sacó lo que necesitaba del cinturón multiusos y, con la destreza de un cirujano, empezó a ajustar todo y a decir cosas extrañas, tipo: «Mmm... tiene pinta de tratarse de un como se diga 4.0. con un gigabyte eléctrico dialéctico difundido».

A Supergirl le gustaba tener cerca a Babs, con quien había estado perfeccionando sus superpoderes en secreto. Gracias a su capacidad analítica, Barbara había ideado una tabla de ejercicios para ayudarla a controlar sus poderes. Y aunque había mejorado cerca de un 74.3 por ciento en fuerza y fortaleza, y tenía el vuelo casi bajo control, aún le quedaba afinar la puntería, la precisión y lo de no tropezarse con sus propios pies.

—Babs, ¿puedo preguntarte algo? —se atrevió a decir.

—Claro —contestó su amiga mientras terminaba.

Para asegurarse de que la computadora funcionaba correctamente, entró en *Los Quinntaesenciales de Harley*. La alegre superheroína apareció en la pantalla entrevistando a Miss Martian, que no hacía más que responder a las preguntas de Harley antes de que ésta se las hiciera.

—¿Qué querías preguntarme? —dijo Barbara, cerrando el canal *Quinntaesenciales*. De pronto, la habitación quedó sumida en un agradable silencio.

Supergirl había hecho muchos amigos superhéroes. Aún seguía impresionada con Wonder Woman, ¿quién no? Hawkgirl era simpática, pero tan estricta que cada vez que Supergirl se equivocaba, cosa que ocurría a menudo, tenía miedo de que presentara un informe en la dirección. Harley era... bueno, Harley, y siempre andaba ocupada creando su imperio mediático. Katana era genial, aunque a veces resultaba demasiado sincera y directa. Bumblebee era la compañera de habitación más amable y dulce posible, y nunca se quejaba de sus pesadillas. Y aunque muchos la subestimaban, la introvertida Poison Ivy era un genio. Sin embargo, a pesar de que no era una superheroína y que ni siquiera iba a Super Hero High, Barbara Gordon era la persona a la que se sentía más unida.

—La... la verdad es que no sé qué se supone que debe hacer un superhéroe —le confesó.

Al ver que Babs no contestaba de inmediato, temió que fuera a reírse de ella. En cambio, su amiga dijo:

—Igual, lo mejor para solucionar esa cuestión sería utilizar el método tradicional.

Supergirl no sabía a qué se refería, pero no quiso admitirlo. Barbara Gordon era la persona más inteligente que había conocido. Si alguien sabía de qué hablaba, ese alguien era ella.

—Sígueme —dijo la experta en tecnología, que ya estaba en la puerta.

Estaban recorriendo los pasillos desiertos cuando Supergirl creyó ver una criatura verde y de forma redondeada escabulléndose por una esquina. Estuvo a punto de comentárselo a Babs, pero decidió seguir adelante, convencida de que lo había imaginado. «Efectos de las pesadillas», pensó.

Se acercaban a la biblioteca cuando una sombra aterradora se proyectó en la pared, demasiado grande para ignorarla. Ambas chicas dieron un respingo cuando la sombra empezó a hablar.

—¿Qué quieren?

¡¡¡CRAC!!!

Las dos amigas se sobresaltaron al oír un ruido de cristales rotos.

—¡Socorro! —gritó alguien.

Supergirl inspeccionó el pasillo con su supervisión y vio una figura que salía de entre las sombras. La anciana no era ni la mitad de grande que la sombra que había proyectado.

—¡Mi corazón! —dijo, llevándose la mano al pecho y tambaleándose—. ¡Dios mío, qué susto me han metido, niñas!

—Lo siento mucho, Granny Goodness —dijo Barbara, apresurándose a devolverle a la anciana su bastón después de recogerlo del suelo.

Supergirl vio que se trataba de la vieja bibliotecaria. La conocía de la vez que había derribado casi todas las estanterías.

—Permítame que la ayude —se ofreció la joven krypto-niana, tendiéndole el brazo y sirviendo de apoyo a Gran-ny Goodness mientras entraban en la biblioteca.

—Caramba, sí que eres fuerte, Supergirl —comentó la anciana.

—¿Sabe quién soy? —preguntó la joven, asombrada.

—¡Pues claro! —la bibliotecaria tenía una voz cálida y cordial—. He estado siguiendo tus progresos... desde que me ayudaste a reorganizar la biblioteca. Estás haciendo un buen trabajo, cariño. Vas por buen camino.

«¿Buen camino hacia dónde?», se preguntó Supergirl mientras la ayudaba a tomar asiento.

—Hemos venido a buscar libros sobre qué significa ser un superhéroe —le explicó Barbara—. Cosas que no puedan encontrarse en internet. Libros de verdad, de esos con hojas de papel. Tomos antiguos, ese tipo de co-sas.

—Libros que huelan a libros —añadió Supergirl, inten-tando ayudar.

—En eso sí que puedo ayudarles —les aseguró la an-ciana.

La bibliotecaria avanzaba por los pasillos con paso tambaleante mientras utilizaba el bastón para sacar los libros de los estantes unos centímetros y arrojárselos a las chicas. Babs llevaba una pila gigantesca y Supergirl otra el doble de alta... en cada brazo.

—Creo que por el momento es suficiente —dijo Barba-ra, viendo que su montaña de libros se balanceaba peli-grosamente.

—Más que suficiente, gracias —añadió Supergirl. Se preguntó de dónde iba a sacar el tiempo para leer todo aquello.

—¡Esperen, no se vayan todavía! —les pidió Granny Goodness. Metió la mano en un tarro de galletas, sacó una para cada una y se las metió en la boca.

Supergirl sonreía mientras masticaba. Las galletas le recordaban su hogar. Su padre era famoso por sus galletas de azúcar espolvoreadas con luz de estrellas. Siempre dejaba aparte unas cuantas y les dibujaba una bonita K, de Kara, con glaseado azul.

—Vuelvan cuando quieran —dijo la bibliotecaria. A continuación, bajó la voz y añadió—: De noche es buena hora, es cuando estoy más sola —Supergirl asintió. Sabía cómo se sentía—. Y, por favor —insistió la anciana—, díganme Granny.

CAPÍTULO 10

Barbara consultó la hora en su reloj.

—¡Oh, no! —se lamentó, de vuelta a los dormitorios—. Ya verás cómo se va a enojar mi padre. ¡Llego tarde, tengo que irme!

—Gracias por llevarme a la biblioteca —dijo Supergirl, haciéndose cargo de los libros que acarreaba su amiga—. ¡Hasta mañana!

Supergirl continuó sola. Estaba casi convencida de que conocía el camino de vuelta, pero con los libros tapándole la vista, chocó contra una pared y retrocedió. La puerta que tenía delante era de acero y en ella había un cartel donde se leía:

BOOM TUBES
NO PASAR. ¡SÍ, ME REFIERO A TI!

Supergirl había oído hablar de los Boom Tubes. Se suponía que te llevaban a algún sitio, pero tampoco lo tenía demasiado claro. Quizá, pensó, la llevarían de vuelta a los dormitorios de las chicas... Babs le había dicho que había descubierto todo tipo de pasadizos secretos en Super Hero High. Dejó los libros en el suelo y trató de abrir la puerta, pero parecía encajada, así que volvió a probar, esta vez con más fuerza.

Vaya.

Supergirl se quedó mirando la manija que había arrancado; se había quedado con ella en la mano. El aullido ensordecedor de una sirena y el parpadeo de unas luces rojas y amarillas la sacaron de su desconcierto.

¡Pánico!

—¡¡¡¿Qué haces aquí a estas horas?!!! —preguntó una voz retumbante.

¡Pánico al cuadrado!

—Este... Me... me perdí —balbució Supergirl—. Buscaba el camino de vuelta a los dormitorios. Estaba en la biblioteca. Estaba... estaba...

Waller miró las pilas de libros que rodeaban a la joven alumna.

—¿No estarías tratando de entrar en los Boom Tubes? —preguntó en tono acusador, cruzándose de brazos y entrecerrando los ojos mientras dirigía su mirada hacia la manija que seguía en la mano de Supergirl.

¡Pánico al cubo!

—Ni siquiera sé qué es un Boom Tube —confesó la kryptoniana, mientras la alarma seguía sonando. Intentó volver a colocar la manija en su sitio, pero sin mucha maña—. ¡Sólo quería regresar a mi habitación, de verdad! —se le empezó a quebrar la voz—. Siento mucho haber hecho saltar la alarma —la miró con los hombros caídos—. No se me da muy bien lo de ser una superheroína, por eso iba a hacer un poco de investigación extra —quiso explicarse.

—Se te da muy bien —aseguró Waller con un suspiro mientras apagaba la alarma. Las luces dejaron de lanzar destellos y de pronto se hizo el silencio—. Los Boom Tubes pueden llevarte a cualquier parte, pero desde hace años están prohibidos. Nadie, repito, absolutamente nadie, está autorizado a utilizarlos.

—¿A cualquier parte...? —preguntó Supergirl mientras recogía los libros como podía.

La directora asintió.

—A cualquier parte.

La joven se sentía en esos momentos como un cero a la izquierda por haber roto la manija de la puerta, haber hecho saltar la alarma y haber provocado la ira de The Wall, y se preguntó si los Boom Tubes podrían llevarla a Korugar Academy. Ojalá supiera cómo funcionaban.

—Haces muchísimas preguntas —dijo Waller. Supergirl se quedó helada—. Eso es bueno —la tranquilizó la directora—. No crees saberlo todo, como algunos de tus compañeros. Los Boom Tubes son teletransportadores. Como llegaste a mitad de curso, te perdiste la visita completa del instituto, pero ahora mismo nos ponemos al día.

—¿Teletransportadores? —repitió la joven.

—Sí, pueden llevarte a cualquier parte del universo que desees visitar.

A Supergirl le dio un vuelco el corazón.

—¿Pueden llevarme a Krypton para ver a mis padres?

The Wall negó con la cabeza, mirándola con lástima.

—No, no son una máquina del tiempo.

Kara reprimió su tristeza.

—Ah, ya. Teletransportador, no máquina del tiempo. Entendido. Directora Waller, aquí todo el mundo sabe muchísimo más que yo —dijo—. Creo que nunca podré estar a la altura.

Se puso nerviosa al ver que la mujer la miraba fijamente. ¿Se había metido en un lío? ¿Iban a expulsarla? Era difícil adivinar lo que pensaba la directora. Incluso Miss Martian decía que era imposible leerle la mente. Supergirl se dijo que tal vez la aceptarían en Korugar Academy. En realidad, no tenía otro sitio adonde ir. Ni siquiera estaba segura de que los Kent la quisieran en la granja... Al fin y al cabo, parecían ansiosos por enviarla a Super Hero High.

—Supergirl —dijo la directora Waller por fin—, estás aquí por tu potencial, por lo que puedes llegar a ser —guardó silencio un instante—. Voy a mostrarte algo que no ha visto ningún alumno de Super Hero High. Creo que eres lo bastante madura para saber enfrentarte a ello. ¿Estás lista?

¡Qué alivio! Asintió.

—¡Lista! —contestó, deseando averiguar de qué se trataba.

Waller pasó su tarjeta de identificación por el lector que había junto a la puerta de los Boom Tubes. Una luz roja se encendió en el panel de seguridad y a continuación se oyó un pequeño zumbido. La puerta de acero indestructible y doblemente reforzado se abrió en silencio y dejó a la vista una amplia sala sin salida, con las paredes recubiertas por algo que parecían retratos.

¡Aquéllos eran los míticos Boom Tubes, los teletransportadores que podían llevarla a cualquier parte del universo!

Boquiabierta, Supergirl contempló Skartaris a través de los portales redondos, un mundo localizado en el cen-

tro de la Tierra, donde un joven apatosaurio mordisqueaba las hojas de los árboles y luego eructaba la mar de
feliz. En Atlántida, la legendaria ciudad hundida, daba la
impresión de que estaban acabando las obras de un cas-
tillo sumergido. Más allá, en Florida, un bullicioso grupo de jubilados discutían mientras jugaban bingo. Y en
Korugar, hogar de los Yellow Lantern Corps, vio a los
alumnos de Korugar Academy paseándose por clase mientras se tomaban selfies, bebían malteadas y se pasaban
notitas.

—En Super Hero High estás aprendiendo a ser una
superheroína no sólo para Metropolis o la Tierra, sino
para todo el universo y más allá —dijo The Wall.

Supergirl era incapaz de apartar la vista de los portales. En todas partes ocurrían cosas.

—¿Por qué no se utilizan los Boom Tubes? —preguntó, fascinada—. Esto es increíble.

—En las manos equivocadas, pueden llegar a ser peligrosos. Ataques furtivos, engaños. Mira aquí.

La directora se acercó a uno de los portales del fondo.
Supergirl puso los ojos como platos al ver el paisaje de-
solador y abrasado de Apokolips. Unas guerreras se ejer-
citaban bajo las órdenes de sus entrenadores. Ninguna
de ellas llevaba el equipo de seguridad que los alumnos de
Super Hero High estaban obligados a ponerse cuando
entrenaban. Nadie parecía feliz.

—¿Para qué se están preparando? —preguntó Supergirl, estremeciéndose al ver la hostilidad de sus caras.

—Hace años, Darkseid, el gobernante de Apokolips
—empezó a explicarle Waller en tono grave—, se apropió
de los Boom Tubes y trajo su ejército a la Tierra. Nuestros superhéroes estuvieron a punto de perder la batalla

contra el mal —acompañó a Supergirl hasta la puerta de los Boom Tubes, la cerró, volvió a colocar la manija en su sitio y reactivó el sistema de seguridad—. Se rumora que algún día esas Furias, las chicas que viste entrenando, intentarán apoderarse de la Tierra una vez más. Por eso los Boom Tubes deben permanecer cerrados a toda costa —le advirtió Waller—. Por la seguridad de Super Hero High y del mundo.

CAPÍTULO 11

Aunque debía concentrarse en las clases, Supergirl no dejaba de pensar en los Boom Tubes, por lo que cuando oyó que los miembros de la Sociedad de Detectives Júnior hablaban del tema, no pudo evitar interesarse.

—¡Hola! —dijo, alcanzándolos en el pasillo—. Este... creo que hablaban de los Boom Tubes... ¿Qué ocurre?

The Flash se volvió hacia ella y luego miró de reojo a Bumblebee.

—Ah, nada —contestó su compañera de cuarto con dulzura, como si no tuviera la menor importancia—. Sólo estábamos dando un paseo, a lo nuestro. La, la, la... no pasa nada.

Supergirl se preguntó si acababan de lanzarle una indirecta para que no se metiera donde no la llamaban.

—¿No estás en el Club de Tejido? —preguntó Hawkgirl con toda la intención.

—Sí... —contestó la kryptoniana. Le habría encantado pertenecer a la Sociedad de Detectives Júnior. De todos los clubes del campus, eran los únicos que tenían fama de hacer algo de verdad y prestar un servicio al instituto. A diferencia del Club de Élites Epicúreas Epónimas, cuyos miembros se limitaban a sentarse a una mesa a comer postres sofisticados, o el Club de la Mediación y la Meditación, cuyos miembros primero debatían y luego se echaban una siesta, Waller contaba realmente con la Sociedad de Detectives Júnior. Y por eso era más difícil entrar en ella que en el resto de los clubes del instituto. Uno de los requisitos que se exigía para ser uno de sus miembros era demostrar que se tenía olfato de sabueso.

—Ok, hasta luego —se despidió Supergirl a regañadientes. Sabía cuándo sobraba. Echó a andar en dirección contraria cuando miró al suelo y vio algo—. ¡Esperen! —dijo, y lo recogió—. ¿Esto no podría ser una pista?

Supergirl les enseñó una hoja.

Esta vez, los miembros de la Sociedad de Detectives Júnior la tomaron en serio. Hawkgirl utilizó unas pinzas para meter la hoja con sumo cuidado en una bolsa de plástico, que luego etiquetó.

—Tardaré un tiempo, pero le haré unas cuantas pruebas de horticultura para analizarla —dijo Poison Ivy, haciéndose cargo de la prueba.

—¡Ésta podría ser la pista que andábamos buscando! —exclamó The Flash, dirigiéndose a Hawkgirl y Poison Ivy.

Los tres echaron a andar mientras charlaban animadamente, y Supergirl se quedó sola.

—¿Supergirl? —la llamó The Flash, volviéndose hacia ella.

—¿Sí?

—¡Buen trabajo! —la felicitó.

—Sí, buen trabajo —repitieron Bumblebee y Hawkgirl—. Ya te avisaremos si esto lleva a alguna parte.

La superheroína kryptoniana se sintió bien. Después de todo, igual no estaba tan fuera de lugar en aquel instituto.

SEGUNDA PARTE

CAPÍTULO 12

Esa noche, igual que la anterior, y la anterior a ésa, Supergirl no podía dormir. Sin embargo, esta vez salió de la habitación sin hacer ruido para no despertar a Bumblebee y, de camino, agarró las agujas de tejer. Las estrellas brillaban y había luna llena cuando voló a lo alto de la Torre Amatista, que tan calurosamente la había recibido un par de meses atrás. Una vez allí, retomó la labor para acabar el regalo para los Kent mientras pensaba en cómo habría sido su vida si su planeta no hubiera explotado. Echaba de menos a sus padres.

Alzó la vista hacia el firmamento nocturno e imaginó que las estrellas se realineaban y formaban una nueva constelación, una en la que aparecían sus padres, estrechándola entre sus brazos. Ambos sonreían como lo hacían en las fotos familiares que adornaban su casa. Kara les devolvió la sonrisa, negándose a creer por un instante que su antiguo hogar ya no existía, que sólo le quedaban los recuerdos.

La constelación empezó a desdibujarse lentamente en la oscuridad del mismo modo que había aparecido, como por encanto. Kara reprimió un sollozo y dejó las agujas de tejer. Todo cuanto sus padres siempre habían deseado era que ella fuera feliz y tenía la sensación de estar decepcionándolos.

Supergirl se sorprendió al despertarse en su cama, enredada en las sábanas. Lo último que recordaba era estar sentada a solas en lo alto de la Torre Amatista, añorando su antigua vida. El tejido descansaba en la silla de al lado, aún por terminar.

—Date prisa o llegarás tarde al desayuno —le avisó Bumblebee de camino a la puerta—. ¡Es miércoles de wafles, y Beast Boy ha retado a Katana a otro concurso de comida!

Supergirl utilizó su supervelocidad para prepararse. Después de pasarse casi toda la noche despierta, estaba agotada, y se equivocó de pie al ponerse los zapatos, por lo que fue tropezando más de lo habitual.

—Lo siento...

»Disculpa...

»Disculpa... —decía, mientras iba chocando con sus compañeros. Algunos reían. (Era bastante gracioso ver a Supergirl chocando con todo el mundo.) Sin embargo, otros empezaban a cansarse de su torpeza. Los entusiastas y pulverizadores apretones de manos de Wonder Woman los veían venir, pero nunca se sabía cuándo Supergirl iba a tropezar, caer o derribarte en pleno vuelo.

Parecía que acababa de sentarse a desayunar cuando alguien empezó a darle golpecitos con el dedo.

«¿Eh?»

Supergirl se puso derecha.

—Acabas de enterrar la cara en los wafles —dijo Hawk-girl, despegándole un trozo de la cara. La joven krypto-niana intentó limpiarse los restos de caramelo pringoso, pero una esquina de la servilleta blanca de papel se le quedó pegada en la frente.

—¡Estoy despierta! —aseguró con alegría exagerada—. ¡¡¡Estoy despierta!!!

Nadie la oyó. La gente estaba demasiado ocupada animando a Katana y a Beast Boy, que daban cuenta de unas torres inmensas de wafles que había dispuestas delante de ellos.

Volvió a cerrar los ojos. Le dolía la cabeza. Su superoído estaba volviéndola loca. Entre el bullicio, le llegaban fragmentos de las conversaciones que se mantenían alrededor de las macizas mesas de madera que impedían que el comedor saliera volando por los aires.

—Esto va a quedar genial en cámara rápida —se felicitaba Harley.

—¡Mi teléfono no funciona! —se lamentaba Cheetah.

—Que tengas un buen día —le dijo Barbara a su padre. Supergirl esperaba tomar la clase del comisionado Gordon en el siguiente semestre. Siempre y cuando superara ése, claro—. Tengo que irme —prosiguió Babs mientras agarraba una computadora—. El subdirector Grodd necesita que se la arregle para poder introducir todas las faltas injustificadas del mes.

—Barbara, estoy muy orgulloso de ti —dijo su padre, con cara seria—. No sé cómo te las arreglas. A mí me cuesta hasta encender la computadora... y mírate tú, ¡trabajando de genio informático para uno de los institutos más famosos del universo!

Aquello hizo sonreír a Supergirl; le encantaba que Barbara y su padre estuvieran tan unidos. Se inclinó en su dirección para seguir escuchándolos.

—... y no sabes cuánto me alivia que no seas uno de esos chicos de Super Hero High. No me malinterpretes, esos adolescentes son increíbles, pero con tu don y tu cerebro, ¡podrías dominar el mundo de la alta tecnología! Además, es mucho más seguro —añadió, reprimiendo una risita—. ¿Barbara Gordon una superheroína? ¡No mientras yo pueda evitarlo, es demasiado peligroso para mi pequeña!

—No soy ninguna niña pequeña —Barbara lo dijo en voz tan baja que a Supergirl le costó oírla, por lo que decidió utilizar su superoído, aunque no fue necesario—. Ya, ¿una superheroína yo? Ni en un millón de años —continuó su amiga subiendo el tono de voz y uniéndose a las risas de su padre. Cuando el comisionado Gordon se acercó para abrazarla, Supergirl vio que ella se apartaba—. ¡Papá! —protestó Barbara—. Ya habíamos hablado de esto, ¡nada de abrazos en público!

La superheroína kryptoniana volvió a concentrarse en sus wafles. Estaban fríos. Habría dado lo que fuera por un abrazo de su padre.

El centro de la habitación estalló en gritos y aplausos. Katana había ganado a Beast Boy: ella se había zampado doce torres de wafles y él sólo once. Ninguno de los dos tenía buena cara cuando se felicitaron el uno al otro, instantes antes de salir corriendo del comedor agarrándose la barriga con las manos.

Parasite, el conserje, suspiró. Agarró un trapeador y fue tras ellos.

Después de que el comisionado Gordon se despidiera

de su hija, apareció Cheetah. Por lo visto, Supergirl no era la única que había oído la conversación.

—Pues mejor que no seas alumna de Super Hero High —le dijo a Barbara—, porque sin poderes...

Sin inmutarse, Babs señaló a Harley, Catwoman y Bumblebee, que se dirigían hacia ellas.

—Ellas tampoco nacieron con superpoderes y mira qué bien les va aquí.

—Sí, pero... —empezó a decir Cheetah, aunque cerró la boca en cuanto se vio envuelta por las otras chicas.

—¿De qué hablan? —preguntó Harley, encendiendo la cámara.

—De nada —contestó Barbara, de buen humor—. Cheetah me estaba preguntando si podía arreglarle el teléfono —recogió la computadora de Grodd—. Llévamelo al anexo de informática cuando quieras —le dijo a Cheetah—. Le echaré un vistazo encantada. ¡Incluso puedo dejarte uno de los míos si lo necesitas!

De lo que nadie se percató —nadie salvo Supergirl— fue de que la sonrisa de Barbara se desvaneció en cuanto se alejó. Parecía tan triste como ella.

CAPÍTULO 13

Supergirl salió corriendo detrás de Barbara. Estaba a punto de llamarla cuando vio que su amiga se metía furtivamente en el cuarto de la limpieza que había al final del pasillo y que estaba abarrotado de los productos de limpieza de Parasite. ¿Eh? Aquello no tenía sentido. La joven vio un panel que emitía un brillante láser de luz roja. Babs se quedó quieta mientras la escaneaba. «B. A. T. acceso concedido», anunció una mujer con voz monótona y se abrió otra puerta en el interior del cuarto. Barbara entró y la cerró con firmeza detrás de ella. De pronto, Supergirl descubrió que podía ver a través de la pared. Su visión de rayos X iba y venía, como le pasaba con su superoído.

Vio un cartel escrito a mano donde se leía: ANEXO DE INFORMÁTICA, BARBARA GORDON, PROPIETARIA. Al otro lado había una habitación con las paredes revestidas del techo al suelo de estanterías llenas de chismes y aparatos perfectamente catalogados.

Se quedó pasmada cuando vio que Babs apretaba otro botón y una de las estanterías rotaba hasta quedar frente a ella. La habitación sin ventanas le recordó una cueva, aunque equipada con la más alta tecnología.

Sin intención de espiar, sino de consolar a su amiga, Supergirl se dirigió al cuarto de la limpieza. Tenía la mano en la manija cuando sonó el timbre. Al instante, un torrente de alumnos bulliciosos invadió el pasillo y acabó arrastrándola con ellos hasta dejarla en la clase de Superhéroes a lo Largo de la Historia. Tendría que aplazar la charla con Barbara.

—Los trabajos sobre la historia de su familia también deberán incluir todo lo relacionado con su pasado que hace de ustedes unos superhéroes —les informó Liberty Belle.

Supergirl miró a sus compañeros. A diferencia de ella, todos parecían encajar allí a la perfección y saber muy bien lo que tenían que hacer.

—¿Alguna pregunta? —dijo Liberty Belle. Supergirl observó con admiración el emblema de la Campana de la Libertad que la profesora llevaba tejido en el suéter. Aquello le dio una idea.

Levantó la mano. Había un lugar donde buscar prácticamente todas las respuestas que uno quisiera encontrar.

—¿Podría ir a la biblioteca a hacer un poco de investigación?

La vigilante del pasillo la detuvo cuando pasaba junto al laboratorio de ciencias.

—Tu identificación, por favor —le pidió Hawkgirl.

—Ya sabes quién soy —contestó Supergirl.

—Sí, pero me toca el turno de vigilante de pasillo y toda precaución es poca —repuso la joven superheroína. Seguía las normas a rajatabla—. Identificación, por favor. Debo asegurarme de que no eres un ASPDP.

—¿Un qué?

—Alumno Sin Pase De Pasillo —le aclaró Hawkgirl.

—Pero ¡si soy yo! —protestó Supergirl.

—Hay normas, y ésta es una norma —insistió su amiga, muy seria.

Después de obtener el visto bueno oficial para seguir adelante, la joven kryptoniana recibió la calurosa bienvenida de Granny Goodness.

—Esperaba volverte a ver —dijo la anciana bibliotecaria. Olía a galletas recién hechas—. ¿En qué puedo ayudarte?

—En realidad no lo sé muy bien... —admitió Supergirl con voz entrecortada.

—Ya veo, ya veo —dijo Granny. Los prácticos zapatos de suela de goma no desentonaban con el práctico corte de pelo—. Sígueme, vamos a mi despacho.

Las estanterías del despacho de la bibliotecaria estaban abarrotadas de libros verdaderamente desgastados. La mujer tomó asiento detrás del caótico escritorio. Junto a un tarro de galletas había una foto en blanco y negro de una joven y atractiva pareja y sus gemelos.

—¿Sus nietos? —preguntó Supergirl, señalando a los niños.

Granny Goodness negó con la cabeza.

—La foto venía con el marco —contestó la mujer, reprimiendo una risita—. Pero ¡hablemos de ti!

Mientras se comía una galleta, Kara le contó cómo había acabado en Super Hero High. Vio que los ojos de la mujer se anegaban de lágrimas.

—Querida niña —dijo Granny, alargando la mano para tomar un pañuelo de papel—. Tenemos mucho en común. Yo también me quedé huérfana.

¿Huérfana? Ella jamás se había considerado huérfana, aunque, estrictamente hablando, la anciana tenía razón. Cosa que acabó entristeciéndola aún más.

—Sin embargo, a diferencia de ti, yo provenía de una familia pobre —le confesó la bibliotecaria—, y aunque muchos me menospreciaron, hubo una persona que supo ver más allá de mis modestos orígenes, que me acogió y me crió. Algo por lo que le estaré eternamente agradecida y en deuda.

La mujer se detuvo y se levantó con ayuda del bastón.

—Somos tal para cual, jovencita —prosiguió, dándole unas palmaditas en el hombro—. Si necesitas hablar con alguien, ya sabes dónde encontrarme. ¡Ay, mira qué hora es! Será mejor que vuelvas a clase, cariño. ¡Anda, llévate unas galletas y compártelas con tus amigos!

CAPÍTULO 14

A pesar de lo poco que le apetecía, Supergirl había accedido a entrevistarse con la periodista Lois Lane después de clase. Wonder Woman le había asegurado que Lois escribiría un buen artículo sobre ella y que sería imparcial.

—¡Tendrías que ver todo lo que ha publicado sobre mí! —exclamó.

A la joven kryptoniana le dio vergüenza admitir que ya lo había leído. Ni siquiera los superhéroes del instituto dudaban que Wonder Woman era una líder entre líderes. Era popular y bondadosa, y no se alteraba por nada.

De un tiempo a esa parte, a Supergirl había empezado a agobiarle la cantidad de videos que Harley publicaba sobre ella... pues en muchos aparecía dándose trompazos, tropezándose y cayéndose. Y aunque también había algunos en los que se le veía demostrando su superfuerza, ella recordaba sobre todo aquellos en los que quedaba como una tonta.

Además, ¿qué hacía ella en internet? Eso para empezar. Harley no le había preguntado si quería salir en sus videos. Nadie le preguntó si quería ser una superheroína o si quería tener superpoderes. Nadie le había preguntado nada.

Aun así, no quería causar problemas. Quería hacer amigos. De lo contrario, estaría completamente sola.

Y eso la asustaba.

De camino a la entrevista, descubrió que todo el mundo parecía conocerla. La mayoría de la gente la saludaba con la mano o la llamaba alegremente cuando pasaba volando por encima de ellos. Cerca del centro de Metrópolis, Supergirl se detuvo para echar una mano con un coche que se precipitaba cuesta abajo a toda velocidad después de que le hubieran fallado los frenos. Sin perder tiempo, lo detuvo y luego lo llevó a un taller mecánico mientras el conductor se asomaba por la ventanilla para tomarse selfies en pleno vuelo.

Cerca del Centennial Park, Supergirl oyó llorar a un niño.

—¡Baja a Rainbow!

Con mimo y un poco de lástima, la joven superheroína rescató al gatito, que parecía la mar de feliz encaramado en el árbol. Poco después, utilizando su supervisión, vio un tren circulando a toda velocidad y a punto de descarrilar. En un abrir y cerrar de ojos, Supergirl redirigió las vías y luego prosiguió su camino.

Lois Lane ya la esperaba dentro de Capes & Cowls Cafe cuando ella aterrizó frente al establecimiento. Antes de entrar, Supergirl se sacudió el polvo de la capa.

—De verdad que no pasa nada porque te hayas retrasado un poco —insistió Lois cuando la joven kryptoniana se disculpó por tercera vez—. ¡Estabas rescatando personas, gatitos y trenes! Con eso tengo de sobra para escribir un artículo.

—Pero ¿a quién va a interesarle? —preguntó Supergirl, sinceramente sorprendida.

—A muchísima gente —le aseguró la periodista. A la kryptoniana le gustaba el pelo de Lois, largo, lacio y con un corte sencillo, y que la chica tomara muchas notas. Tenía una letra bonita y escribía con seguridad. En Krypton, sus padres siempre le decían que escribiera más despacio.

—Tu historia es fascinante, Supergirl —afirmó Lois—. Apareces así, de pronto, como salida de la nada...

—Salí de una nave de Kryp... —empezó a contar, aunque se detuvo a tiempo. No quería que la tomara por impertinente.

—Me refiero a que nadie sabía de tu existencia —prosiguió la periodista—, y de pronto, ¡¡¡BAM!!!, aparece la adolescente más fuerte de la Tierra. Pues claro que mis lectores están ansiosos por saber más sobre tus increíbles poderes. Sin embargo, yo quiero escribir acerca de la verdadera Supergirl, de lo que te gusta, de lo que te motiva, de lo que quieres hacer, de lo que esperas de la vida. ¿Qué te parece?

Supergirl bebió un poco de agua y luego masticó un cubito de hielo. Eran muchas preguntas, y no estaba segura de saber las respuestas.

—Wonder Woman me ha hablado muy bien de ti —dijo—, igual que otros muchos súpers, pero, sinceramente, no sé si estoy preparada para ese tipo de entrevista —se encogió. Esperaba que Lois no se molestara con ella, pero quería ser sincera—. Imagino que te parece una estupidez, ¿verdad?

Lois cerró la libreta y dejó la pluma en la mesa.

—No es ninguna estupidez. Yo hago muchas preguntas, demasiadas. Es mi trabajo... aunque en realidad lo hago porque soy curiosa. Ya hablaremos de la entrevista cuando estés lista. Mientras tanto, ¿me dejas invitarte una malteada?

La joven superheroína dejó escapar un suspiro de alivio.

—¡Claro, gracias! —dijo—. Me apetece mucho.

Lois le hizo un gesto a alguien que se encontraba en la otra punta del local.

—¡Steve! ¡Vamos a pedir! —se volvió hacia Supergirl—. Steve Trevor trabaja aquí; su padre es el dueño de la cafetería. Nos conocemos desde que éramos pequeños. Es un buen tipo.

Un chico delgado y rubio, con el pelo alborotado, se dirigió hacia ellas sorteando con pericia el resto de las mesas de la abarrotada cafetería. Llevaba un lápiz detrás de la oreja y, cuando sonreía, le brillaban los brákets. Supergirl echó un vistazo a su alrededor mientras Lois y él charlaban sobre un examen de matemáticas. Un par de chicas estaban jugando muy concentradas ¡Oh, No! Zona de Órbita, el nuevo juego de mesa de estética retro. Junto al ventanal, una chica tocaba «Ay, ay, mi Vía Láctea» con la guitarra, el último éxito interestelar. Y un poco más allá, una partida de damas cometa había acabado como el rosario de la aurora después de que un chico que llevaba una chamarra de CAD Academy hubiera prendido fuego a varias fichas y se las hubiera arrojado a su contrincante.

Supergirl observó a los chicos de CAD Academy. Había escuchado rumores acerca de aquel instituto. Según Katana, en ese centro había un número desproporcionado de manzanas podridas y aspirantes a villanos. Su verdadero nombre era Carmine Anderson Day School, pero casi todo el mundo creía que CAD significaba Criminals and Delinquents.

Aun así, Supergirl se sentía a gusto en el Capes & Cowls Cafe. Estaba abarrotado de adolescentes de los colegios de toda la ciudad, y conseguía ser acogedor y moderno al mismo tiempo. Waller siempre insistía en que los alumnos debían visitar el mundo real todo lo posible para conocer y mezclarse con la gente. «Para salvar el mundo debes formar parte de él», les recordaba a menudo.

Justo en ese momento, Wonder Woman irrumpió en el local.

—¡Hola! —saludó, muy sonriente—. ¿Cómo va la entrevista? —miró a una y a otra alternadamente—. Vaya, tienen pinta de estar guardando algún secreto ustedes dos.

—No, no tenemos ningún secreto —contestó Lois—, es que todavía no hay nada que publicar.

—¡Oh! Bien... serpientes, malteadas y tops de pijama de fresa —dijo Wondy, poniéndose roja como un tomate.

—¿Te encuentras bien? —preguntó Supergirl, alargando una mano hacia su amiga.

Lois intentó contener la risa. Steve Trevor estaba junto a la mesa, tan ruborizado como Wonder Woman. Ambos tenían la mirada clavada el uno en el otro.

—¿Malteada sonajero y montañas rusas? —preguntó él sin apartar los ojos de la princesa amazona.

—Ya entiendo —murmuró Supergirl, dirigiendo a Lois una mirada de complicidad. En Krypton, los adolescentes se enamoraban a todas horas. Ni siquiera ella se había librado—. Están locos el uno por el otro y no dan pie con bola —dijo.

Lois asintió.

—Tú lo has dicho —contestó la periodista.

Se echaron a reír mientras Wonder Woman y Steve seguían mirándose como si no hubiera nadie más en la sala. Era como si ambos hubieran entrado en trance.

—¡Pedido listo! —gritó el cocinero a Steve desde detrás del mostrador—. ¡Steve, pedido listo!

El chico no pareció oírlo, pero Supergirl sí, por lo que le dio un ligero codazo. Bueno, no tan ligero, porque Steve salió volando por los aires y acabó estrellándose contra los tres chicos de CAD Academy y volcando la mesa. La comida quedó esparcida por todas partes. Wonder Woman intervino cuando los estudiantes, enfadados, rodearon a Steve, y evitó una pelea incluso antes de que se iniciara.

—Fue un accidente —dijo, plantándose ante ellos, con la mano en el Lazo de la Verdad. Los chicos mascullaron algo, pero no valía la pena enfrentarse a una amazona por una tontería como aquélla.

Mientras todo el mundo en el Capes & Cowls Cafe hablaba de lo que acababa de suceder, Supergirl, sonrojada, se marchó a toda prisa. Sobrevoló Metropolis sin dejar de pensar que había estropeado la tarde.

CAPÍTULO 15

Esa noche, pasaba junto al dormitorio de Hawkgirl cuando vio que su amiga estaba enviando el correo electrónico de todos los días a su abuela, que vivía en Venezuela. Eran muy unidas. Supergirl añoró contar con alguien así en su vida.

De acuerdo, estaban tía Martha y tío Jonathan, pero cuando pensaba en ellos, también pensaba en las circunstancias que los habían reunido. Ojalá pudiera corresponder al amor que le profesaban, pero había algo que se lo impedía. En su lugar, les enviaba correos electrónicos alegres y desenfadados en los que les hablaba del instituto. Cada vez que tía Martha le llamaba y le preguntaba qué tal estaba, ella respondía que bien, que iba mejorando, convencida de que era lo que querían oír.

Bumblebee estaba en una reunión de la Sociedad de Detectives Júnior, así que Supergirl se sentó a la mesa y retomó un dibujo que había estado haciendo. Arrugó la nariz y se dijo que no estaba a la altura. A su madre le encantaba todo lo relacionado con el arte, y a las dos siempre les había gustado dibujar juntas. A veces, su madre empezaba un dibujo y luego se lo pasaba a ella, que añadía algo de su propia cosecha antes de devolvérselo. El dibujo pasaba de una a otra hasta que estaba terminado, una obra de arte creada de manera conjunta, codo con codo. Muchos de los dibujos cubrían la puerta del refrigerador de la cocina de Krypton, junto con numerosas fotografías familiares en las que todos salían muy sonrientes.

Estaba ensimismada en aquellos pensamientos cuando la invadió el pánico. ¡Sus padres! De pronto se dio cuenta de que no tenía ninguna foto de ellos. No había quedado nada tras la explosión del planeta. ¿Y si olvidaba cómo eran?

Desesperada, empezó a dibujar. Su madre, su padre, los dos juntos. Alura y Zor-El. Mamá y papá. Más y más dibujos, aunque para ella, ninguno se parecía lo suficiente. La habitación no tardó en llenarse de papeles.

—¿Hola? No molesto, ¿verdad? —preguntó Barbara, bajando la vista hacia las montañas de dibujos desperdigados por el suelo.

—Ah... Este... No... —contestó Supergirl, recogiéndolos a supervelocidad—. Sólo estaba...

Barbara levantó una mano.

—No tienes que darme explicaciones. Sólo he venido a pasar el control de seguridad bimestral de las computadoras en busca de elementos malignos —recogió un dibujo que se le había escapado—. Qué bien te ha quedado —comentó, antes de devolvérselo. Era Supergirl en medio de sus padres.

—¡Es horrible! —chilló la joven kryptoniana, haciendo trizas el dibujo—. No se parecen.

Babs retrocedió.

—Vaya... Disculpa si te he molestado.

Supergirl fingió que se le había metido algo en el ojo para que su amiga no viera que estaba llorando.

—Eh, ¿quieres hablar? —preguntó Barbara, pasándole un brazo por los hombros—. No sólo soy un genio de la tecnología, también se me da muy bien escuchar.

Supergirl miró a su alrededor.

—Tengo miedo de olvidar a mis padres —admitió—. Cada día que paso aquí es un día más alejada de ellos —tenía los ojos húmedos—. Babs, los echo mucho de menos.

Se tocó el collar de cristal que llevaba alrededor del cuello y éste empezó a lanzar un destello verde.

Barbara asintió con la cabeza y se sentó delante de la computadora de Supergirl sin decir nada. La joven kryptoniana pensó que tal vez no quería seguir escuchándola. Quizá su arranque de sinceridad la había hecho sentir incómoda y por eso la ignoraba. Era como si Barbara hubiera decidido ponerse manos a la obra e instalar el software contra elementos malignos. Sin embargo, Supergirl se equivocaba.

Babs reunió los dibujos y los escaneó utilizando una de las aplicaciones de su reloj. A continuación, los pasó a la computadora a través de la red inalámbrica. Apretó un par de teclas más e ingresó al B. A. T. Super Sketch Artist Pro.

—He creado este programa para la comisaría de mi padre —le explicó—. Es para que la policía pueda identificar a delincuentes y personas desaparecidas —se interrumpió al ver la cara de sorpresa de Supergirl—. Ah, vaya, disculpa, no pretendía decir que tus padres fueran ni una cosa ni la otra, pero...

Kara quiso decir algo, pero no le salieron las palabras, se había quedado mirando la pantalla boquiabierta. El vivo retrato de sus padres le devolvía la mirada. Ambos sonreían y la saludaban.

—Son ellos —consiguió decir al fin. Tenía el corazón desbocado—. Son ellos.

—Tenemos que encontrar una impresora 7-D Super-Deluxe —dijo Babs—. Así podrás quedarte una copia para ti.

—¡Hay una impresora en la biblioteca! —exclamó Supergirl, emocionada.

Barbara se levantó de un salto y corrió tras ella.

—¡Eh, espérame! —la llamó.

En su carrera hacia la biblioteca, pasaron junto a Beast Boy, que estaba sentado en lo alto de la Torre Amatista.

—¡Hola! —les gritó desde allí arriba. Colgaba de la cola, convertido en un perezoso.

Supergirl utilizó su superoído.

—Estoy probando cómo se me da lo de ser nocturno —les explicó el chico, bastante satisfecho consigo mismo. En cuestión de segundos, Beast Boy pasó de perezoso a puerco espín, puma y lémur lanudo. A continuación, como colofón, se transformó en un hipopótamo y se balanceó sobre una sola pata en lo alto de la torre.

—¡Cuidado! —chilló Supergirl, disponiéndose a rescatarlo.

Un segundo antes de aplastar a Barbara, Beast Boy se convirtió en un murciélago y desapareció en la noche, riendo.

—¡Murciélagos...! —exclamó Barbara—. ¡Son adorables!

Para entonces Supergirl ya se había metido en el edificio.

Los gigantescos pasillos estaban desiertos cuando las chicas pasaron junto a la puerta de los Boom Tubes. Entraron en la biblioteca, pero no vieron a Granny por ningún lado. Babs utilizó su llave maestra para encender la impresora 7-D y la máquina mastodóntica no tardó en ponerse a resoplar y a chirriar. Supergirl esperó en silencio... y esperó... hasta que por fin salió algo, que agarró con sumo cuidado. Estaba temblando. Y entonces ahogó un grito. En la mano tenía un pequeño holograma dimensional de sus padres, sonriéndole.

—Es otro de mis B. A. T. (Barbara-Assisted Tech) inventos —comentó la joven genio con modestia. A continuación, añadió—: Está patentado.

—Sea lo que sea, es precioso —afirmó Supergirl, conmovida—. Gracias, Babs. ¡Muchísimas, muchísimas gracias!

Barbara le devolvió el abrazo.

—Es parte de mi trabajo —bromeó, y a continuación añadió—: y de ser tu amiga. ¡Uf! Es tardísimo. Tengo que ponerme manos a la obra si quiero tener listas las comprobaciones de seguridad antes de que apaguen las luces. ¡Hasta luego!

Supergirl se despidió con la mano, sin apartar la vista del B. A. T. holograma.

—Hola, mamá —dijo, con un hilo de voz—. Hola, papá.

—¿Son tus padres? —preguntó alguien.

Se volvió de inmediato y se encontró con Granny Goodness.

—Sí —contestó orgullosa.

—De seguro los echas muchísimo de menos —comentó la anciana, ofreciéndole una galleta—. Hablabas mucho con tu madre, ¿o me equivoco?

A Supergirl no le gustaba hablar de su madre con una extraña. La oscura sala abarrotada de libros estaba sumida en sombras siniestras y el instinto le decía que algo no iba bien. Sin embargo, a medida que mordisqueaba la galleta de mantequilla notaba que cada vez le costaba más resistirse a los encantos de la ancianita bibliotecaria. Las reservas de Supergirl desaparecían con cada mordisco.

Esa noche, antes de irse a dormir, dejó el B. A. T. holograma en la mesilla de noche que había al lado de su cama y se quedó mirando a sus padres con la cabeza apoyada en la almohada. Ellos le devolvieron la sonrisa.

En la oscuridad, el collar de cristal proyectó sobre ella una suave luz verdosa. Finalmente, se le cerraron los ojos y se vio arrastrada hacia el primer sueño profundo desde que había llegado a la Tierra.

CAPÍTULO 16

—¡**H**emos detectado fallos de seguridad en todas partes! —anunció Bumblebee. Aunque se esforzaba por aparentar preocupación, los ojos le brillaban de entusiasmo.

—Sí, y se están recibiendo mensajes codificados desde fuera de la Tierra —añadió Poison Ivy mientras le daba unos mordisquitos con aire distraído a las dos diminutas magdalenas que llevaba en las manos—. Pero ¡nadie sabe de qué planeta proceden!

Supergirl acababa de meterse una cucharada de copos de avena en la boca. Quería probar todo lo que ofrecían en el comedor antes de decidir cuál era su desayuno favorito. Hasta el momento, no había encontrado nada que la convenciera.

—¿Qué ocurre? —preguntó con la boca llena. Tachó los copos de avena de la lista.

The Flash acercó una silla, pero estaba demasiado nervioso para sentarse, así que se quedó de pie, sujetando el respaldo.

—¡Alguien o algo ha intentado infiltrarse en Super Hero High!

—¿Cómo lo sabes? —preguntó Supergirl. ¿Sería un despilfarro no acabarse el desayuno? Era como comer un tazón de grumos pegajosos.

—¿Cómo no lo sabes tú? —repuso él.

A la joven kryptoniana se le encendieron las mejillas. Era cierto que había pasado mucho tiempo entrenando sus poderes con Barbara. Además, había leído un montón de libros sobre superhéroes, tantos que podía recitar de memoria la historia de los mayores superhéroes del universo. Sin embargo, no se había percatado de que, con tanto estudio, se había olvidado de los súpers que la rodeaban. Los que procuraban estar al tanto de lo que sucedía en Super Hero High.

—Disculpa, Supergirl —dijo The Flash. Finalmente, se sentó, dobló una rebanada de pan tostado por la mitad y se la metió en la boca—. Es que la Sociedad lleva mucho tiempo detrás de esto y estoy un poco obsesionado con el tema. A veces se me olvida que no todo el mundo está tan informado como nosotros.

—Se han producido varios intentos de ingresar a los Boom Tubes, y Waller nos ha pedido que los vigilemos —le explicó Bumblebee.

—¿Los Boom Tubes? —repitió la joven kryptoniana, tan sorprendida que lanzó sin querer una cucharada de cereal a la otra punta del comedor. Se quiso morir cuando comprobó que había ido a parar sobre Star Sapphire.

Supergirl había pasado muchas veces por allí para echar un vistazo a la puerta de acero, preguntándose cómo debía de ser lo de viajar a través de los Boom Tubes, aunque sólo fuera una vez. Para ver qué hacían en Korugar Academy, por ejemplo. Los exámenes de

Super Hero High eran muy duros y los estudios no se le daban tan bien como a Hawkgirl, ni tenía una mente científica como Poison Ivy, ni era tan creativa como Katana (aunque destacaba en Educación Física). La idea de un colegio sin exámenes seguía atrayéndola, aunque no tanto como al principio, cuando llegó a Super Hero High.

—¡Eh! —exclamó Star Sapphire, dirigiéndose hacia Supergirl con paso decidido y plantándose ante ella—. Disculpa, pero me pregunto quién será la responsable de esto —con grandes dosis de dramatismo, le enseñó el asqueroso pegote que adornaba su top morado. En un abrir y cerrar de ojos, la kryptoniana empezó a limpiar el manchón causante del conflicto.

—Déjalo, Supergirl —masculló la Violet Lantern entre dientes, quitándole la servilleta—. Mejor no lo toques más, que acabarás empeorándolo.

Harley, que lo había grabado todo en video, se enfocó a ella misma con la cámara.

—¡Moda! ¡Conflictos! ¡Comida de cafetería! —dijo—. ¡Nunca sabes qué puedes encontrarte en Super Hero High!

Cuando Supergirl regresó a la mesa, Hawkgirl y Katana se habían unido a los demás, y todos estaban compartiendo rumores y teorías sobre los Boom Tubes y los fallos de seguridad.

Supergirl volvió a sentarse y prestó atención. Las opciones que se barajaban iban desde que un ex alumno descontento estaba haciendo de las suyas hasta que un malvado señor de la guerra de otro planeta deseaba apoderarse de la Tierra. O tal vez se tratara de una jugarreta rebuscada de CAD Academy, donde seguían con el orgullo herido después de haber acabado segundos en el Super-triatlón, por detrás de Super Hero High. Continuaron especulando mientras abandonaban el comedor.

Supergirl se dirigía a Introducción a Supertrajes con Katana cuando sonó una alarma a lo lejos. «¡Acceso a los Boom Tubes denegado! ¡Acceso a los Boom Tubes denegado!»

En ese momento, alguien —o algo— pasó por su lado a la velocidad del rayo. Era The Flash.

—¡Sigámoslo! —gritó Supergirl.

The Flash se detuvo delante de la puerta de los Boom Tubes. Hawkgirl y Poison Ivy ya estaban allí, hablando sin parar, examinando una serie de rasguños que habían aparecido en la parte inferior de la puerta. A Supergirl le pareció ver que algo doblaba la esquina.

—Este... Este...

—¿Qué pasa? —preguntó Katana.

La joven kryptoniana se frotó los ojos.

—Me ha parecido ver un monstruito —contestó, vacilante.

Cheetah, que en ese momento pasaba tranquilamente por allí con un tablero de cartón pluma en el que había colocado un diagrama de los principales grupos alimentarios, soltó:

—Lo que hacen algunos para llamar la atención, de verdad...

—No, en serio, he visto algo —insistió Supergirl—. Bueno, al menos, eso creo. Era pequeño y daba un poco de miedo, aunque también era muy mono y... ¡Ay, yo qué sé! No he podido verlo bien, se movía muy rápido.

Poison Ivy devolvió su atención a la puerta de los Boom Tubes.

—Bueno, ya nos avisarás si vuelves a verlo —dijo con tono amable.

Supergirl se lo prometió. A continuación, se agachó y levantó algo del suelo.

—Ten —dijo, tendiéndole una tela roja a su amiga—. Se te cayó.

—No es mío —aseguró la tímida superheroína, mirándolo por encima—. Flash, ¿esto es tuyo?

—No, mío no —contestó, y se lo pasó a Hawkgirl.

—Tampoco es mío —aseguró la chica. Intrigada, examinó las diminutas iniciales bordadas en la tela—. Yo no llevo pañuelos, y mis iniciales no son... «GG».

CAPÍTULO 17

A medida que fue pasando la semana, los fallos de seguridad se hicieron menos frecuentes hasta que finalmente desaparecieron. Todo el mundo, salvo los miembros de la Sociedad de Detectives Júnior, lo achacó a averías internas.

—Creo que sólo quieren llamar la atención —comentó Cheetah en la escalera, mirando directamente a la videocámara de Harley. Frost y Star Sapphire estaban detrás de ella y asentían mientras Green Lantern y Beast Boy hacían el payaso, intentando estropear la entrevista.

Supergirl pasó por su lado sin que se dieran cuenta y apretó el paso en dirección al despacho de Waller.

—¡Barbara! —gritó a su amiga, saludándola con la mano mientras esquivaba a los alumnos que abarrotaban el pasillo—. ¡Eh, Babs!

La chica parecía avergonzada.

—¡Supergirl! Eh, siento no haber estado por aquí para ayudarte a entrenar, pero he andado liada —bajó la voz—. Acabo de terminar de comprobar los cortacircuitos, los conductores eléctricos, los interruptores y las unidades de distribución de potencia del instituto. Todos funcionan a la perfección, así que eso descarta la teoría de una avería interna.

—Y entonces ¿qué es lo que pasa? —preguntó Supergirl.

La hija del comisionado negó con la cabeza.

—Es un auténtico misterio... Eh, tenemos que retomar el entrenamiento cuanto antes. Es decir, si te apetece.

—¡Sí, sí, claro que me apetece! —exclamó Supergirl, entusiasmada. Se aclaró la garganta e intentó disimular su alegría; no quería parecer una tonta—. Este... Claro. Sí, me encantaría que me ayudaras.

Babs se recolocó el cinturón multiusos mientras salían. Llevaba todo tipo de herramientas de aspecto sofisticado.

—Hemos interceptado una serie de mensajes codificados procedentes del espacio exterior, pero hasta el momento nadie ha sido capaz de descifrarlos. Podría tratarse de un error de cálculo durante la descarga de datos, pero debemos asegurarnos —aminoró el paso—. Es muy extraño. Estaba a punto de descubrir el origen de los mensajes y de pronto han cesado. De todas maneras, seguiré investigando.

—Lo entiendo —dijo Supergirl, forzando una sonrisa—. Estás ocupada. Es evidente. No quiero molestarte.

Babs pareció acusar el comentario.

—Sí, estoy ocupada, pero tú eres mi amiga y siempre tendré tiempo para ti.

—¿De verdad? —abrió los ojos, emocionada, sonriendo de oreja a oreja.

—De verdad. Si me necesitas para lo que sea, dímelo.

No tengo el poder de leer la mente como Miss Martian, ya lo sabes.

—Sabía que dirías eso —bromeó la kryptoniana.

Si Supergirl había necesitado la ayuda de Barbara en algún momento, era en ése. En la clase de Educación Física se había salido completamente de la pista. En lugar de aterrizar en la equis gigantesca, que estaba señalada con una flecha y un cartel bien grande donde se leía ¡PARA AQUÍ!, había arremetido contra un grupo de dignatarios de otro planeta que estaban de visita y los había enviado a todos, no voladores incluidos, por los aires.

En Introducción a Supertrajes, había abierto un rollo de tela con tanta fuerza que lo había desplegado por completo y se había llevado a todo el mundo por delante. Y cuando había utilizado su visión láser para ayudar a Poison Ivy con un experimento, el calor aceleró el crecimiento de las Parras Perversas y éstas habían atacado a todo el laboratorio de ciencias, incluyendo al pobre Parasite, el conserje, que acababa de llegar para limpiar algo que se había derramado.

A pesar de los ánimos de Babs, Supergirl cada vez se sentía menos como una futura superheroína y más como una superpifia. Su cerebro sabía lo que tenía que hacer, ¡pero su cuerpo y sus poderes no cooperaban! Además, tenía un seis en Superhéroes a lo Largo de la Historia que amenazaba con convertirse en un reprobado. Y todo porque Raven había dicho que el trabajo retrospectivo —un reportaje de los años setenta que hablaba de super-.

héroes televisivos— tenía que hacerse con jeroglíficos y Supergirl se lo había tomado en serio.

A medida que el mes se acercaba a su fin, cada vez que pasaba junto a los Boom Tubes acababa pensando en todas las posibilidades que tenían. No era que quisiera utilizarlos, claro, pero... ¿Adónde podrían llevarla? ¿Estaría muy mal colarse en Korugar Academy para echar un vistazo? Si no había exámenes, no había malas calificaciones. Utilizó su visión de rayos X para ver más allá de la puerta de acero, pero lo único que consiguió fue acabar con dolor de cabeza.

Sin embargo, a quienes vio con claridad fue a los invitados que no dejaban de llegar a Super Hero High. Ya fuera por tierra, aire o teletransportándose, acudían en masa, atraídos por algo que Supergirl llevaba temiendo desde hacía tiempo.

La Noche de las Familias.

CAPÍTULO 18

Profesores, Waller y alumnos, todos procuraban comportarse lo mejor posible, aunque a algunos les costaba más que a otros y, de vez en cuando, alguien metía la pata escandalosamente. Como el subdirector Grodd, que tiró una cáscara de plátano al suelo sin prestar atención e hizo que la madre de Star Sapphire resbalara al pisarla con sus zapatos de tacón alto. Por suerte, Hawkgirl estaba cerca y la atrapó antes de que se cayera. Sin embargo, en lugar de ofrecer disculpas, Grodd se limitó a limpiarse la enorme frente con su pañuelo rojo, gruñó y se alejó dando fuertes pisotones y arrastrando los nudillos por el suelo.

Pero no fue el único que metió la pata. Llevada por el entusiasmo, Wonder Woman estuvo a punto de destrozarles la mano a varios padres mientras se las estrechaba. Por fortuna, tenía a Poison Ivy al lado, que le susurraba: «Calma, tómatelo con calma y afloja» cada vez que alguien torcía el gesto de manera evidente. La gente abrumaba tanto a Miss Martian que ésta se volvía invisible cada vez que alguien le dirigía la palabra... Lo mismo que su padrino, el mismísimo Martian Manhunter. Y cuando

Beast Boy colocó un cojín de broma en la silla del comisionado Gordon, Cyborg lanzó tal carcajada que estuvo a punto de soltársele un tornillo.

Supergirl se quedó en el fondo de la sala, sola, observando a sus compañeros. Algunos intentaban parecer muy dignos delante de sus padres. Otros, como Bumblebee, no paraban de abrazar a los suyos. Se tocó el collar de cristal. Recordó su primer día en el jardín de niños, en Krypton. Se negaba a separarse de las piernas de su madre. «Kara, cielo —le dijo con ternura, pero con firmeza—. Yo ya me tengo que ir. No te preocupes por nada. Haz las cosas siempre lo mejor que puedas, Kara, y todo saldrá bien. Te lo prometo.»

Todos los años a partir de entonces, su madre siempre le decía lo mismo el primer día de clases: «Haz las cosas siempre lo mejor que sepas, Kara, y todo irá bien. Te lo prometo».

Todos los años menos ése.

Beast Boy y su mentor, The Chief, miembro de la Doom Patrol, compartían el mismo sentido del humor y no paraban de reír. La abuela Muñoz, que se había conectado a la Noche de las Familias a través de internet, parecía una versión mayor y más elegante de Hawkgirl. Y luego estaba la madre de Wonder Woman, la reina Hippolyta, gobernante de Paradise Island.

Incluso los demás padres —la mayoría de los cuales eran superhéroes— parecían emocionados ante la presencia de la reina amazona, tan poderosa como bella. Supergirl comprendió de dónde había sacado Wonder Woman su seguridad, poder y distinción. Y no pudo parar de reír cuando vio que Red Tornado, su profesor de vuelo, por lo general tan serio, se acercó corriendo a Hippolyta, empezó a balbucear y, para bochorno de todo el mundo, se arrodilló delante de ella.

—¡Supergirl! —la llamó alguien.

—¡Yuju! —coreó otra voz.

¡Eran tío Jonathan y tía Martha! A pesar de que le habían dicho que asistirían a la Noche de las Familias, la sorprendió verlos.

En un primer momento, pensó que los Kent parecían fuera de lugar viendo cómo los dos granjeros del Medio Oeste se mezclaban con algunos de los superhéroes más importantes de la historia. Supergirl se fijó en que Wonder Woman presentaba a su madre con todo el mundo llena de orgullo. Y Katana intentaba explicar a sus parientes mortales, que habían viajado desde Tokio, qué era Beast Boy, su silvestre amigo, aunque no ayudó mucho que el chico no dejara de transformarse, haciendo alarde de sus poderes.

Supergirl se acercó a los Kent cuando la saludaron con la mano. De ella dependía que se sintieran a gusto. Al fin y al cabo, sabía muy bien lo mucho que imponía ese lugar para los que venían de fuera. Sin embargo, no estaba preparada para lo que sucedió a continuación.

Antes de que lograra atravesar la sala y llegar junto a los Kent, otros se le adelantaron. Era como si todo el mundo conociera ya a tía Martha y a tío Jonathan. Todos, alumnos, padres, profesores y personal del colegio los saludaban calurosamente.

—¿Qué tal le va a Superman? —preguntó el padre de Harley mientras les tendía la mano. Cuando tío Jonathan se la estrechó, recibió una pequeña descarga del zumbador de broma que el hombre llevaba escondido en la palma, y ambos se echaron a reír.

—Le va de maravilla en la universidad —contestó el granjero.

—Anda tan liado con el Semestre en el Espacio que no sabemos cuándo volveremos a verlo —añadió su mujer.

En ese momento, Supergirl recordó que su primo había estudiado en Super Hero High unos años antes que ella. Muchos de los invitados ya conocían a los Kent y, en lugar de burlarse de aquellas personas sencillas y sin superpoderes, los adoraban.

—Me alegra que hayan podido venir —dijo la joven kryptoniana, relajándose y empezando a disfrutar, por fin, de la velada.

—No nos lo habríamos perdido por nada del mundo —aseguró tía Martha.

—Desde luego —añadió tío Jonathan—. Somos grandes admiradores de Super Hero High. Mírense bien... ¡son la esperanza de un mundo mejor!

Los súpers que se habían reunido a su alrededor sonrieron de oreja a oreja.

—Están todos invitados a la granja de los Kent para celebrar el Día de Acción de Gracias, dentro de dos semanas —anunció tía Martha, dirigiéndose a Hawkgirl y a todos los demás.

Alguien llamó la atención de Supergirl con unos golpecitos en el hombro.

—¿Les has enseñado a tus tíos tu trabajo sobre la historia familiar? —preguntó Liberty Belle.

Por un instante, la joven sintió que el alma se le caía a los pies.

Despacio, acompañó a los Kent hasta la zona de exposición, al fondo del gimnasio. En todos los trípticos de cartón pluma, que se sostenían de pie sobre las mesas, aparecía un árbol genealógico y una historia ilustrada. Las raíces de Katana se remontaban al antiguo Japón, las de Hawkgirl se encontraban en Venezuela y las de Bumblebee en Brooklyn, Nueva York. Cuando por fin llegaron a la última, todos se detuvieron para admirar el trabajo.

Supergirl había hecho un dibujo del planeta Krypton, además del árbol genealógico. En lo alto había colocado una foto del holograma que Barbara creó para ella, y encima, una de ella misma, con un pie que decía: «La última hoja del árbol».

Un poema acompañaba el árbol genealógico:

> *Krypton era mi planeta.*
> *Krypton era mi hogar.*
> *Ocurrió algo,*
> *algo horrible y triste.*
> *Krypton era mi planeta.*
> *Krypton era mi hogar.*
> *Ya no existe.*
> *Mi planeta.*
> *Mi familia.*
> *Mi hogar.*

Tía Martha se secó las lágrimas y se acercó a la joven para abrazarla.

—Sólo es un poema —dijo Supergirl, restándole importancia y apartándose de ella—. No significa nada.

La superheroína se alegró de no estar envuelta en el Lazo de la Verdad de Wonder Woman.

—Tus padres estarían orgullosos de ti —aseguró tío Jonathan. Supergirl se fijó por primera vez en las arrugas que le surcaban la frente.

Bajó la cabeza antes de que le empezaran a caer las lágrimas, y agradeció el cálido abrazo de los Kent, pero aun así fue incapaz de devolvérselo. No eran sus padres. Ni siquiera eran sus verdaderos tíos. La habían adoptado porque sus padres habían muerto. Ellos jamás podrían sustituir a los verdaderos. Ni ellos ni nadie.

Supergirl agradeció el anuncio de Waller con gran alivio:

—¡Por favor, que todo el mundo se traslade al auditorio para la celebración formal de la Noche de las Familias!

—Enseguida voy —dijo a los Kent—. Primero tengo que hacer una cosa.

Mientras todos iban saliendo, Supergirl se quedó mirando su árbol genealógico, coronado por el retrato de sus padres.

—Se parecen a ti.

Se volteó, sorprendida, y vio a Liberty Belle.

—¿Los extrañas? —le preguntó la profesora.

La joven asintió, con un nudo en la garganta y el estómago.

—Tiene que ser duro —prosiguió la mujer. Su voz traslucía ternura, pero no lástima—. Hay mucha gente en Super Hero High que ha perdido a sus seres queridos. Es una de las razones por las que hacemos estos árboles genealógicos, para recordar y honrar a los que ya no están a nuestro lado. Y para que nos anime a todos a seguir adelante.

Supergirl permaneció callada, temía echarse a llorar en cuanto abriera la boca.

—Lo estás haciendo muy bien, Supergirl —le aseguró su profesora—. Super Hero High está aquí para lo que necesites.

Antes de irse, la mujer se dio la vuelta.

—¡Ah, casi se me olvida! Granny Goodness me ha pedido que te dé esto. ¡Qué encanto de ancianita!

De manera disimulada, le puso en la mano una servilleta llena de galletas.

—Espero que no te importe que haya agarrado una —dijo Liberty Belle—. No he podido resistirme. ¿Quién podría?

La semana de Acción de Gracias se presentó veloz como el rayo. En Super Hero High reinaba un ambiente general de alegría tras la finalización de los exámenes de mitad de curso, con lo que todo el mundo podría disfrutar de las vacaciones.

A Supergirl cada vez le iba mejor en clase y había conseguido subir su promedio en Superhéroes a lo Largo de la Historia gracias al trabajo del árbol genealógico. Tampoco iba mal en Introducción a Supertrajes, gracias en parte al punto extra que Crazy Quilt le había dado. Aunque los profesores no debían tener alumnos predilectos, cada vez que su excéntrico maestro la veía, le susurraba, aunque lo bastante alto para que todo el mundo lo oyera: «Perfecto. Per-fec-to. Perfección. Tu traje. Fuerza. Vulnerabilidad. Esperanza. Coraje. Colores». A continuación, adoptaba una pose que imitaba a la Estatua de la Libertad o *El pensador* de Rodin.

A Supergirl le avergonzaba recibir tanta atención. En Krypton era una chica común y corriente.

—No sé qué decir cuando la gente me hace este tipo de cumplidos —le confesó a Barbara.

Su amiga apartó la vista del diminuto prototipo de trazador que estaba fabricando para el señor Fox, el profesor de Armamentística, quien quería que todos los alumnos llevaran uno si le salía bien.

—¿Y si les das las gracias? —le sugirió.

Supergirl la miró, asombrada. ¿Por qué no se le había ocurrido antes?

La mayoría de los súpers ya habían vuelto a casa por Acción de Gracias, pero no todos.

—Mis tíos dicen que hay comida de sobra y que estarían encantados de que nos acompañaran —les informó. Había decidido que procuraría decir a la gente lo que sentía de verdad—. Y a mí también me haría muy feliz —añadió.

CAPÍTULO 19

—¡Ya estamos aquí! —anunció Supergirl emocionada. La casa de los Kent estaba en silencio—. ¿Hola? ¿Tía Martha? ¿Tío Jonathan?

La mujer salió de la cocina con aspecto muy desmejorado.

—Supergirl... ¡Ah! ¡Supergirl! ¡Es Acción de Gracias! —parecía sorprendida.

—Sí, por eso estamos aquí —contestó la joven, echando un vistazo a la cocina. Daba la impresión de que no había nada en el fuego. Hawkgirl y Katana intercambiaron una mirada. Beast Boy se concentró en sus zapatos y Harley bajó la cámara.

—¡Oh, Dios mío! —exclamó tía Martha, dejándose caer en el sofá—. Tío Jonathan ha estado enfermo. Nada grave, un resfriado que no se le cura —Supergirl se fijó en las montañas de pañuelos de papel que había repartidos por todas partes y que continuaban escalera arriba—. Pero eso significa que me ha tocado hacer todo el trabajo de la granja y de la casa —prosiguió la mujer—. Tengo todas las guarniciones para la cena de Acción de Gracias, pero todavía no he empezado a cocinar, y sólo eso ya necesita un día entero.

—¿Y si le echamos una mano? —propuso Wonder Woman, dirigiéndose a los súpers.

A Supergirl le habría gustado que se le hubiera ocurrido a ella. La princesa amazona siempre sabía lo que había que hacer.

—A mí se me da muy bien cortar y rebanar —aseguró Katana, blandiendo dos espadas.

—Yo siempre cocinaba con mi abuela —dijo Hawkgirl.

—A mí se me da muy bien comer —presumió Beast Boy. Se frotó la barriga para demostrarlo.

—Y yo soy rápida —añadió Supergirl, deseando intervenir en la conversación.

Tía Martha sonrió.

—Bueno, ¡pues parece que al final sí va a haber cena de Acción de Gracias! —guardó silencio un instante y luego miró por la ventana, hacia los campos—. Ay, pero todavía queda mucho por hacer en la granja. Varios caballos se han escapado, hay que ordeñar las vacas y, en fin, voy muy retrasada.

—También podemos echar una mano con todo eso —aseguró Supergirl. Los demás súpers asintieron y Harley volvió a agarrar la cámara.

—Pues manos a la obra —contestó tía Martha.

Beast Boy se transformó en un border collie, reunió a los caballos y los guió fuera del barranco donde habían quedado atrapados. Supergirl los puso a salvo.

Armada con sus espadas, Katana se acercó al trigal y empezó a segarlo mientras avanzaba entre los tallos a toda velocidad. Hawkgirl la seguía de cerca, utilizando sus alas como una cosechadora que trillaba y aventaba el trigo al tiempo que separaba la paja del grano de manera eficiente.

Después de poner los caballos a salvo, Beast Boy y Supergirl se reunieron con Wonder Woman, que estaba recogiendo montañas de maíz tierno, judías verdes, tomates y brócoli. Sin olvidar las pilas de calabazas.

—¡Madre mía, pero miren todo esto! —exclamó tía Martha, juntando las manos cuando los chicos regresaron. Había estado ocupada en la cocina, metiendo el pavo en el horno y preparando el relleno de los pays, el puré de papas, las salsas y...

»¡Vaya, hombre! —se lamentó—. ¡Se me olvidó comprar salsa de arándanos!

—No hay problema —aseguró Supergirl—. Enseguida vuelvo.

Un par de minutos después, la joven superheroína regresó con varios tarros de salsa de arándanos que había ido a buscar a Tiptree, Gran Bretaña, junto con un budín de pan especiado. Acto seguido, salió corriendo para ayudar a Wonder Woman, que estaba hablando con las vacas. Supergirl le enseñó a ordeñarlas, luego batió la mantequilla y fue a recoger huevos.

Todo el mundo echó una mano para preparar la comida, por lo que la cocina acabó transformándose en un caos. Seis superhéroes adolescentes en un espacio reducido, lanzándose ingredientes unos a otros, descascarillando el maíz y pelando papas.

—Cyborg, ¿te importaría encender el horno y meter el pavo y los pays? —le pidió tía Martha mientras se limpiaba las manos en el delantal.

—¿Qué? ¡Sí, claro! —contestó el chico justo en el momento en que Harley le lanzaba otro huevo. Ambos se echaron a reír cuando trató de devolvérselo como si fuera una pelota de beisbol.

A pesar del caos, Supergirl se fijó en que tía Martha parecía estar disfrutando del momento con sus amigos. Incluso ella acabó cubierta de harina cuando ya todo se cocinaba a fuego lento en los fogones.

Con el pavo en el horno, Wonder Woman propuso que ellos se encargaran de las demás tareas mientras tía Martha descansaba un poco. La princesa amazona nunca había estado en una granja y todo le fascinaba. Beast Boy se ofreció a pintar el viejo granero y Katana eligió los colores: rojo, azul y dorado, los mismos que el emblema de Supergirl.

Como alumnos aventajados que eran, no sólo pintaron el granero y le dieron un aire moderno y llamativo, sino que cuando acabaron y vieron que había sobrado pintura... en fin, supieron cómo aprovecharla. Beast Boy se preparó para tirar pintura a Katana, pero la superheroína asiática lanzó una lata por los aires de una patada y la atravesó con su espada, haciendo que su amigo acabara cubierto de pintura azul.

—¿Y cómo crees que te sentarían unas mechas doradas? —preguntó el chico, y riendo se transformó en una ardilla y con la cola le hizo un nuevo look a Katana. Para no ser menos, Harley cogió un mazo y golpeó dos latas más. La pintura salió a chorro y cubrió a Wonder Woman por completo.

—¿Así es como se pinta en Kansas? —preguntó la princesa de las amazonas—. ¡Me encanta!

Wondy envolvió una lata de pintura roja con el lazo y se la arrojó a Supergirl, quien la atrapó al vuelo y se la lanzó a Hawkgirl. La joven alada agarró la lata con una mano y la dejó en el suelo.

—Todavía queda trabajo que hacer —les recordó a todos.

Siguiente tarea: apilar pacas de heno. Hawkgirl y Wonder Woman las fueron amontonando hasta formar montañas que casi tocaban el cielo. Y, por descontado, Harley lo grabó todo en video para su *Superespecial Super Acción de Gracias*.

Los súpers ya estaban en el comedor cuando tío Jonathan bajó la escalera poco a poco.

—Pero ¡¿qué tenemos aquí?! —exclamó, sonriendo de oreja a oreja.

—¡Tío Jonathan, al final sí cenarás con nosotros! —dijo Supergirl, levantándose de un salto para acompañarlo hasta la mesa.

Acababa de sentarse cuando tía Martha salió de la cocina con cara angustiada.

—Lo siento mucho —se disculpó, estrujando el delantal con las manos—. Todo está listo menos el pavo y los pays. ¡El horno no estaba encendido!

Cyborg casi se puso tan rojo como su brillante ojo biónico.

—Este... Este... Eh...

—Suéltalo —lo animó Harley, apuntándolo con la cámara.

El chico bajó la mirada y confesó con un hilo de voz:

—La culpa es mía. Se me olvidó encenderlo —se volvió hacia Harley—. Pero ¡tú también tienes la culpa! ¡Me tiraste un huevo!

Se miraron con cara de pocos amigos.

Supergirl dejó el vaso de jugo de manzana y se interpuso entre los dos. A continuación, abrió el horno y echó un vistazo. Cierto, el pavo estaba tan blanco como un oso polar... aunque no por mucho tiempo.

—¡Yo me encargo! —se ofreció. Se concentró en el ave y, utilizando su visión láser, lo cocinó hasta que el pavo adoptó un tono tostado perfecto. Ligeramente crujiente por fuera, jugoso y sabroso por dentro.

Luego, dirigió la visión láser hacia los pays. El aroma mantecoso del hojaldre dorado al horno, de la calabaza y la manzana especiada con canela no tardó en flotar por la cocina. Tía Martha aplaudió y estrechó a Supergirl en un abrazo gigante.

—¡Que empiece el banquete! —gritó Harley.

El ambiente era alegre y la comida, hecha al calor del amor y la amistad, les supo de maravilla. Más tarde, mientras se cortaban los pays, uno tras otro, todos los comensales fueron diciendo por qué estaban agradecidos.

Harley dio las gracias por su nuevo equipo de grabación.

Beast Boy dio las gracias por su capacidad para transformarse en animales.

Katana dio las gracias por sus antepasados.

Hawkgirl dio las gracias por su abuela.

Wonder Woman dio las gracias por Super Hero High.

Tío Jonathan dio las gracias por tía Martha, Superman y Supergirl.

Tía Martha dio las gracias por tío Jonathan, Superman y Supergirl.

—Yo doy las gracias por todos ustedes —dijo Supergirl, señalando a su alrededor—. Y... ¡un momento! —exclamó, y salió corriendo del comedor. Regresó con algo de aspecto enmarañado y de muchos colores que le desbordaba los brazos. Cabos de lana encrespada asomaban por todas partes—. Es para ustedes —les dijo a los Kent—. Lo hice yo.

La pareja sonrió ante el extraño tapiz de lana de colores, sin saber muy bien de qué se trataba. Aun así, les pareció maravilloso.

—¡Es precioso! —aseguró tío Jonathan efusivamente.

—¡¡¡Precioso!!! —repitió tía Martha.

—¡Abrazo de grupo! —gritó Wonder Woman.

Rodeada de amigos y familiares, el collar de Supergirl empezó a brillar y una alegría que no había sentido desde que había llegado a la Tierra iluminó la cara de la joven.

CAPÍTULO 20

La felicidad que Supergirl había experimentado en la granja perduró varios días. Cada vez que lo recordaba, el cristal de su collar brillaba. Aunque también había momentos en que temía estar traicionando a sus padres por ser feliz. La lucha interna era constante. En cuanto a Super Hero High, se preguntaba si uno podía sentirse como en casa y, al mismo tiempo, tener la sensación de ser un extraño. Había cosas que empezaban a encajar en su sitio, como sus amistades, y le iba bien en clase. Eso la hacía sentir muy bien. Sin embargo, ¿llegaría el día en que todo tendría sentido de verdad? Eso esperaba, pero aun así no acababa de creérselo. Al fin y al cabo, había aprendido por las malas a no dar nada por sentado.

—Mmm... Estás progresando —comentó Barbara mientras estudiaba las estadísticas. Tenía abiertos un par de docenas de gráficos en la minicomputadora. Cada uno de ellos analizaba la evolución de Supergirl en distintas áreas: velocidad, vuelo, visión (rayos X, telescópica, microscópica y láser), oído y fuerza.

—Volvamos a probar la velocidad a pie —propuso la

joven inventora. Las clases habían acabado y compartían la pista con los corredores de campo traviesa, que estaban calentando.

Kara despertó de sus ensoñaciones kryptonianas. Había vuelto a pensar en su hogar y en su padre haciendo galletas.

Se colocó en el puesto de salida. Cuando oyó el débil clic del cronómetro de Barbara, salió disparada y sobrepasó tres veces a los miembros del equipo de atletismo de Super Hero High antes de pisarse las agujetas de las zapatillas y acabar rodando con torpeza delante de Jay Garrick, el entrenador de atletismo y primer Flash.

—Si alguna vez quieres entrar en el equipo, sólo tienes que decirlo —le dijo, al tiempo que ella se ponía en pie de un salto y fingía que no había pasado nada—. Pero necesitarás otro calzado.

Supergirl se miró las zapatillas rojas de bota. Eran perfectas, sólo que llevaba las agujetas desatadas... otra vez.

—No me sorprende que te haya dicho eso —dijo Barbara, introduciendo los datos en la computadora—. Gracias a mi B. A. T., esta computadora es capaz de analizar una cantidad inmensa de datos, pero aun así hay veces que las observaciones humanas también son de gran ayuda. El entrenador Garrick tiene toda la razón —apareció un gráfico con un icono de Supergirl corriendo—. Las agujetas han hecho que tropezaras. Los corredores serios llevan zapatillas de propulsión a chorro que les recubren los pies como si fuera una envoltura ligera —prosiguió—. Por mucho que te gusten tus zapatillas deportivas, no te resultarán de gran ayuda si siempre acabas con las agujetas desatadas.

Le hizo un gesto para que se acercara. Barbara, que por lo general se mostraba optimista, estaba muy seria.

—Quiero que recuerdes una cosa —dijo, bajando la voz. Supergirl se preparó para lo peor—. Nudos dobles.

—Nudos dobles —repitió Supergirl.

Vuelo venía a continuación. La kryptoniana planeó majestuosamente entre los altos edificios de Metropolis, saludando a la gente que la llamaba desde abajo con un «¡Hola, Supergirl!». Se detuvo delante de la ventana de un departamento, donde una niñita y su hermano estaban jugando a los superhéroes. Se habían atado unas toallas al cuello a modo de capas y saltaban desde el sofá. Cuando la vieron, corrieron a la ventana y le enviaron besos. Supergirl dio una vuelta en el aire y, dirigiéndose a los niños, levantó los pulgares antes de poner rumbo a las montañas.

—Lo estás haciendo bien —oyó que decía Barbara, gracias a su superoído—. ¡Todo va de perlas! Da un par de vueltas a la cordillera, procura meterte por los cañones y vuelve.

Acababa de dar la segunda vuelta cuando creyó ver a Bigfoot, aquel ser misterioso, famoso por su sigilo y su don para confundir a la gente. Descendió en picada para verlo mejor, pero acabó estampándose contra un árbol, lo que permitió huir a Bigfoot. El golpazo provocó una reacción en cadena: la kryptoniana contempló horrorizada cómo iba cayendo un árbol tras otro.

—¡Gracias, Supergirl! —le gritó un leñador cuando se detuvo la avalancha de árboles—. ¡Estábamos a punto de talarlos!

La chica sonrió con timidez y suspiró aliviada.

—Ya... Este... Lo hice a propósito.

—Bueno, puedes mejorarlo —dijo Barbara con amabilidad cuando regresó su amiga—. Tienes que poner más atención en lo que haces y adónde te diriges.

Las pruebas continuaron, unas con mejor resultado que otras.

—De acuerdo, la última. Oído —anunció Babs—. Veamos si ya lo dominas. Céntrate en la biblioteca y dime qué oyes.

Supergirl arrugó la nariz —tenía la sensación de que eso la ayudaba a oír mejor— y a continuación se concentró. Oyó gente intercambiando rumores y chismeando en los pasillos, al señor Fox y a Grodd pasándose recetas de brócoli al horno en la sala de profesores hasta que, por fin, distinguió la voz de Granny.

—¡Alguien ha estado llevándose libros de la biblioteca! —decía la bibliotecaria.

A continuación, reconoció la voz de Hawkgirl.

—¿No se supone que están para eso?

—No sin pasar antes por el mostrador.

La anciana parecía triste.

—No te preocupes, Granny Goodness —intervino Poison Ivy—. ¡La Sociedad de Detectives Júnior está en ello!

Supergirl oyó que la mujer se deshacía en agradecimientos. Y siguió escuchando a los súpers mientras hablaban y comían galletas saliendo de la biblioteca.

—No vamos a acabar nunca —se lamentó The Flash—. ¡Si seguimos la pista de todos los libros que hay en esta lista inmensa que nos ha dado, no nos quedará tiempo para nada más!

—Somos la Sociedad de Detectives Júnior —le recordó Poison Ivy—. Estamos aquí para ayudar a quien necesite un sabueso.

—Miren —habló Hawkgirl—. Los Boom Tubes.

—La puerta parece segura —comentó The Flash. Supergirl oyó que le daba unos golpecitos—. ¿Hay alguien en casa? —bromeó.

—Vamos —dijo Hawkgirl, suspirando—. Tenemos trabajo que hacer; no hay tiempo para jugar con los Boom Tubes.

Los Boom Tubes. ¿Cuántas veces había fantaseado con ellos? Sobre todo cuando metía la pata. Como la vez que Wonder Woman le había dejado probarse su tiara y, llevada por el entusiasmo, la había doblado y deformado. O cuando Green Lantern y ella eran los encargados de recoger las pelotas veloces en Educación Física y ella se las lanzó con tanta fuerza que lo envió volando a la otra punta de la sala. A pesar de que todo el mundo aplaudió, y Green Lantern fingió haberlo hecho adrede, el chico la evitó durante varios días.

Luego estaban Cheetah y su pandilla. Aunque parecía que los profesores agradecían que los alumnos hicieran preguntas, no todo el mundo opinaba lo mismo. Cheetah solía gruñir cosas entre dientes del tipo: «Ya sabes que no dan puntos extras por oírte a ti misma, ¿verdad?».

Frost se quedaba helada cada vez que Supergirl batía un nuevo récord en Educación Física, y la joven kryptoniana no lo entendía. Creía que todos debían apoyarse y animarse mutuamente. De ahí que fuera un alivio cuando, un día, Frost se la llevó aparte y le comentó:

—Te perdiste Superhéroes a lo Largo de la Historia mientras hacías el examen oficial de Superfuerza de Wildcat. Ah, por cierto, felicidades por ser la adolescente más fuerte del mundo. A lo que iba, he pensado que te interesaría saber que Liberty Belle nos ha puesto de tarea el tema del universo.

—¿De todo el universo? —preguntó Supergirl ahogando un grito, incapaz de ocultar su sorpresa. Acababan de estudiar la Tierra y creía que lo siguiente sería el sistema solar.

—Sí —contestó Frost. Raven asintió con la cabeza, detrás de ella—. Hay que hacer una historia ilustrada de todo el universo. Para mañana.

Al día siguiente, cuando una agotada Supergirl entregó a Liberty Belle ciento cuarenta y siete páginas de la «Historia ilustrada del Universo», la profesora, estupefacta, dijo:

—Magnífico trabajo, pero yo no he pedido esto.

A la joven le costaba mantener los ojos abiertos.

—Pero yo creía que...

—¡Aunque es magnífico! —exclamó Liberty Belle, repasando los dibujos—. ¡Voy a publicarlo en los tablones de anuncios y a darte un punto extra!

Supergirl sonrió, aunque dejó de hacerlo al ver la mirada gélida de Frost. ¿Y ahora qué había hecho?

Más tarde, durante la comida, Cheetah se acercó a ella con paso tranquilo.

—Oye, Supergirl —dijo—, me parece que no has participado en el rito de iniciación por el que pasan todos los alumnos nuevos, y ya hace tiempo que deberías haberlo hecho.

—¿Qué es eso? —preguntó Supergirl, dejando el té helado en la mesa.

—Bueno, como muestra de tu lealtad a Super Hero High, tienes que vestirte de gallina y pasearte por todo el comedor cacareando. ¿Crees que podrías hacerlo esta noche a la hora de la cena?

La kryptoniana asintió. Iba a costarle improvisar un

disfraz de gallina con tan poco tiempo, pero si eso era necesario para integrarse en Super Hero High, lo haría. En cuanto acabaron las clases, se saltó la reunión en el Club de Tejido y voló hasta la granja de los Kent.

—¡Qué agradable sorpresa! —exclamó tía Martha mientras cepillaba los caballos—. Tío Jonathan está en el maizal, por si quieres pasar a saludarlo.

—No tengo mucho tiempo —se disculpó Supergirl—. Sólo he venido a llevarme algunas plumas de gallina.

La mujer le indicó dónde podía encontrarlas.

—Hay un montón en el gallinero —dijo.

Esa noche, cuando Supergirl entró disfrazada de gallina en el comedor, la mayoría de los alumnos ya estaban sentados y cenando. Se aclaró la garganta hasta que comprobó que todo el mundo le prestaba atención.

—¡Buenas noches! —gritó con voz clara y potente—. ¡Soy Supergirl! ¡Soy una supergallina y, coc, coc, coc, soy nueva en Super Hero High! ¡Coc, coc, coc, coc!

Se hizo un silencio incómodo.

Supergirl se percató de que Cheetah, Frost y Star Sapphire hacían esfuerzos por reprimir sus carcajadas y sintió mucha vergüenza. ¿Le habían jugado una broma?

—Coc... coc —repitió, con voz débil—. ¿Coc?

Las risas estallaron en la mesa de Cheetah y pronto se contagiaron a todo el mundo. Supergirl se quedó helada dentro de su disfraz de gallina hecho a mano. Sintió que se ponía colorada cuando las risas empezaron a transformarse en carcajadas. De pronto, se oyó un sonoro «¡¡¡Coc, coc!!!».

Supergirl miró a su alrededor mientras el cacareo aumentaba de volumen y vio a Beast Boy subido a una silla.

—Coc, coc —repitió el chico antes de transformarse en

una gallina gigante. Se acercó hasta ella caminando como una gallina y le susurró—: ¡Baila!

¿Que bailara? Supergirl no sabía bailar. Un momento. Conocía un baile... Tío Jonathan le había enseñado el baile de las gallinas, una danza simplona que interpretaba cuando iban a darles de comer.

La joven inhaló hondo y gritó:

—¡Todo el mundo a bailar el baile de las gallinas!

En un abrir y cerrar de ojos, encabezados por Beast Boy y Supergirl, todos los que estaban en el comedor, incluido Parasite y algunas de las personas que servían la comida, se paseaban en una larga hilera por los pasillos que formaban las mesas, sin dejar de cacarear.

Cuando finalizó el baile, ¡todos estallaron en aplausos y gritos de alegría! Bueno, todos no. Cheetah, Frost y Star Sapphire, que habían preferido permanecer sentadas durante el espectáculo, no parecían muy contentas.

Esa noche, Harley estaba en el séptimo cielo.

—¡Mira! —le dijo a Supergirl—. ¡El baile se ha vuelto viral! ¡El presidente está planteándose convertirlo en el baile oficial de Estados Unidos!

Efectivamente, todo el mundo, tanto en Estados Unidos como en otros países, bailaba el baile de las gallinas. Supergirl sonrió. Ojalá le fuera igual de bien el tiempo que le quedara en Super Hero High.

CAPÍTULO 21

Las noches seguían siendo duras cuando Supergirl se quedaba a solas con sus recuerdos. A veces, tenía pesadillas en las que aparecían unos preciosos monstruitos verdes dando brincos por todas partes, o en las que explotaban planetas. La llegada de la mañana se le hacía eterna.

Cuando la luz del sol asomó por la ventana para despertarla, sonrió. El calor que desprendía fue como un abrazo que le infundió fuerzas y energías renovadas para hacer frente al nuevo día. Decidió que debía animarse y ofrecer su ayuda al mayor número de personas, animales y alienígenas posible. Aquello incluyó a Granny, quien, en cuanto le enseñó los pasos correctos, bordó el baile de las gallinas, aunque con la ayuda del bastón.

—Bueno... —dijo la anciana cuando terminó de cacarear. Se sentó detrás de la atestada mesa mientras Supergirl se dejaba caer en un sofá tan mullido que daba la sensación de estar envuelta en nubes—. Te quedan dos exámenes de fuerza más, ¿estás lista?

Supergirl negó con la cabeza. Sí, había estado entrenando con Babs, y más o menos había salido bien, pero siempre acababa pifiándola en algo.

—Igual necesito unos zapatos de deporte nuevos o algo así —contestó, resignada, recordando lo que había dicho el entrenador Garrick—. Sé que soy muy fuerte, y muy rápida, pero creo que no soy lo bastante buena.

Granny jugueteaba con un globo de nieve del sistema solar con aire ausente; los planetas habían quedado desalineados después de agitarlo.

—Creo que todo está en tu cabeza, Supergirl —dijo pensativa.

—¿Qué quiere decir?

—Me refiero a que te sobran aptitudes y que tienes lo que hay que tener —se explicó Granny—, pero lo que te detiene eres tú misma. ¿Hay algo que te preocupe?

La joven meditó un momento. ¿Y si Granny tenía razón? No, decidió. Lo que ocurría era que era un desastre, eso nadie podía negarlo. Aunque todas esas noches en vela dándole vueltas a cosas que escapaban a su control... Cosas que no conseguía olvidar. La directora Waller le había concertado varias visitas con el doctor Arkham, el orientador del colegio, nada más llegar. Y Wonder Woman le había dicho que era muy bueno y que a ella la había ayudado. Sin embargo, Supergirl no se decidía a hablar con un extraño de sus miedos y preocupaciones más profundas y oscuras.

—¿Una galletita? —le ofreció Granny, apartándola de sus pensamientos.

Día del examen de Fuerza. Aunque Supergirl había pasado todo tipo de pruebas con Wildcat cuando había entrado en Super Hero High, ahora se enfrentaba al examen oficial. Todos los colegios de la galaxia lo realizaban el mismo día, y todos los alumnos debían pasar las mismas pruebas para después poder anotar, tabular, registrar, analizar y examinar los resultados. Humanos, alienígenas, animales, mutantes... No era momento de relajarse. La posición en la que se acabara decía mucho de uno mismo, sobre todo siendo un superhéroe.

Wonder Woman fue la primera examinada de Super Hero High. Supergirl se fijó en que no parecía nerviosa. De hecho, no sólo daba la impresión de estar tranquila y segura de sí misma, sino que además se la pasaba bien. La observó con atención, por si descubría algo que pudiera servirle.

En la categoría de fuerza creativa, también conocida como CFC, los alumnos debían presentar algo único.

—Para mi CFC voy a solicitar la ayuda de un invitado especial —anunció Wonder Woman, sonriendo—. Beast Boy, ¿te importa?

—¿Que si me importa? ¡Aquí me tienes! —contestó el chico, levantándose de un respingo y haciendo una profunda reverencia—. ¡Aquí viene Beast Boy! ¡Soy Beast Boy! ¡Es Beast Boy! —coreó. Riddler y Catwoman movieron la cabeza con aire de fastidio.

Wonder Woman le susurró algo y él sonrió de oreja a oreja.

—Ni lo dudes, Wondy. ¡Eso está hecho! —dijo. En lo que tardó en terminar la frase, Beast Boy se había convertido en un elefante, aunque no en uno cualquiera, sino en uno superhipermegagigantesco, tan grande que varios súpers tuvieron que retroceder para hacerle sitio.

La princesa amazona levantó el elefante Beast Boy por encima de su cabeza sin esfuerzo, lo lanzó al aire, lo atrapó y volvió a lanzarlo, cada vez más alto. Wildcat observaba mientras la clase aplaudía educadamente y Supergirl la felicitaba a gritos. La joven oyó que el profesor comentaba para sí mismo: «Ah, el viejo número del elefante superhipermegagigantesco. ¿Cuándo me presentarán algo nuevo?».

—Gracias, Wonder Woman. Beast Boy, por favor, recupera tu estado normal —le pidió el entrenador mientras los jóvenes superhéroes hacían una reverencia ante sus compañeros y tomaban asiento.

Los alumnos continuaron demostrando su fuerza —algunos deteniendo misiles, otros doblando metal o haciendo el tradicional levantamiento de pesas de varios miles de kilos— mientras Supergirl pensaba en lo que haría. Cuando anunciaron su nombre, corrió al frente de la clase inspirada por Wonder Woman, preparada para lucirse en el CFC.

—Beast Boy —lo llamó—. ¿Te importa?

Fingiendo timidez, el chico se levantó y musitó:

—¿Yo? —a continuación, señalándose a sí mismo, añadió—: Señoras, ante ustedes, Mr. Popularidad.

Supergirl le susurró algo al oído.

—¡Qué demonios, pues claro! —exclamó su amigo.

—Venga, a ver qué es eso —dijo Wildcat. Estaba cansado y gruñón. Era la última prueba de fuerza de un largo día.

Beast Boy cerró los ojos, infló los cachetes y se transformó en varias criaturas extintas, y muy extrañas, hasta que al final se convirtió en un braquiosaurio descomunal. La clase lo vitoreó con entusiasmo, igual que Wildcat, que se animó al instante. ¡Aquello sí era nuevo! Incluso Wonder Woman sonrió y le dio su aprobación con un gesto de cabeza.

Supergirl se acercó a Dino Beast Boy. Todo el mundo rió al ver que daba vueltas a su alrededor mientras acababa de decidirse por dónde sujetarlo. Al final, se agachó y lo alzó por la barriga, tratando de equilibrar la mole descomunal. A continuación, despacio, lo levantó por encima de la cabeza, con ambos brazos bien estirados. Las ovaciones se oyeron hasta en el despacho de Waller.

Pero... ¡un momento! Aquello no era todo. De pronto Supergirl sostenía a Dino Beast Boy sólo con un brazo... Luego con una mano... Y luego... ¿cómo era posible? Tenía que tratarse de alucinaciones, pero ¡no! Supergirl estaba sosteniendo al braquiosaurio con un solo dedo..., ¡el meñique!

Harley estaba loca de contenta mientras lo grababa todo para *Los Quinntaesenciales de Harley*.

—¡Guau! ¡va a reventar internet! —exclamó—. ¡Ya lo estoy viendo: millones de visitas por minuto!

Para gran alegría de la reportera, Supergirl aún no había acabado. Despacio, despegó y voló por encima de sus compañeros con Dino Beast Boy sobre el meñique.

Wildcat le lanzó una advertencia.

—¡Supergirl, ve con cuidado! Creo que ya has demostrado tu fuerza.

Ella estaba tan concentrada en las ovaciones de sus compañeros que no lo oyó. Alentada por los ánimos de los otros súpers, decidió ofrecerles un espectáculo, algo por lo que ser recordada. Respiró hondo y empezó a realizar veloces pasadas sosteniendo a Dino Beast Boy en vilo sobre el meñique. Sin embargo, cuando pasó junto a los sauces Hondo Horror Holandés que Bumblebee había acabado de plantar, a Dino Beast Boy empezó a picarle la nariz...

Supergirl notó que su amigo estaba a punto de estornudar cuando... «¡¡¡Achús!!!» Antes de que pudiera decir «¡Salud!», ¡Dino Beast Boy empezaba a ladearse y descendía en picada hacia el suelo!

Wonder Woman despegó hacia el cielo a la velocidad del rayo y lo atrapó en el aire justo cuando estaba a punto de aplastar a Miss Martian, lo que dio tiempo a Beast Boy a transformarse en un pajarito, que soltó un estornudo ahogado y se alejó volando, avergonzado. Beast Boy se posó sobre sus patas y se alejó dando saltitos para recuperar el aliento mientras la joven kryptoniana derribaba a Wildcat cuando intentaba detenerse a su lado.

—Supergirl —gruñó el profesor—. Tus gracias ponen a todo el mundo en peligro. Aquí nos dedicamos a otras cosas. ¡Será mejor que aprendas a controlar tus poderes antes de que alguien inocente salga herido!

Ella agachó la cabeza. Cheetah ronroneó. Harley lo grabó todo en video.

CAPÍTULO 22

Como era de esperarse, el video en el que Supergirl dejaba caer a Dino Beast Boy batió todos los récords de visitas. Harley daba saltos de alegría.

—Gracias, Supergirl —dijo, entusiasmada, mientras realizaba un triple mortal hacia atrás—. ¡Los índices de audiencia están por las nubes! ¡Eres la mejor!

La kryptoniana lo dudaba mucho. Estaba convencida de que era la peor. Incluso peor que lo peor. Lo peorísimo. ¿Esa palabra existía? «Pues si no, debería», pensó. Podrían poner en el diccionario «peorísimo» y una foto suya al lado.

—¿Estás bien? —preguntó Barbara—. Este... Acabo de ver el video en *Los Quinntaesenciales de Harley*.

Supergirl no tenía ganas de sonreír, pero lo hizo de todos modos.

—¡Estoy bien! ¡No podría estar mejor! Todo el mundo mete la pata alguna vez, ¿no? Además, ¿viste a Wondy? ¡Madre mía! Ella sí que estuvo a la altura de la situación cuando atrapó a Dino Beast Boy antes de que aplastara a Miss Martian.

—¡Ésa es la actitud! Es lo que me gusta de ti —dijo Barbara mientras estudiaba con detenimiento los gráficos de fuerza de Supergirl—. Por cierto, ¿sabes que has reprobado el examen?

Supergirl asintió. Lo sabía, igual que todo el colegio. Cómo le habría gustado que Super Hero High se pareciera un poco más a Korugar Academy en ese tipo de cosas: sin exámenes, sin presión, sin *Los Quinntaesenciales de Harley*. Ya se hablaba suficiente de sus metidas de pata en todas partes.

En el popularísimo programa de televisión *Super Hero Hotline*, dedicado a chismes sobre superhéroes y supervillanos, la presentadora se atusó el pelo anaranjado, recogido en un moño, y se inclinó hacia adelante.

«¿Supergirl está acabada?», le susurró a la cámara.

Antes de que terminara de guiñar el ojo, su compañero de set se retorció las puntas del impresionante bigote y contestó, como si le contara un secreto.

«No voy a decir nombres, pero la gente se hace preguntas. Aparece de la nada ¿y de pronto ya es la adolescente más poderosa del mundo? —meneó el dedo—. ¡Vamos, hombre!»

«¡Aunque ha popularizado el baile de las gallinas!», puntualizó la mujer.

Los dos presentadores se levantaron de inmediato y empezaron a bailar y a cacarear hasta que dieron paso a los comerciales.

—Bueno, volvamos al trabajo —propuso Babs, mientras apagaba el teléfono y hacía desaparecer a los dos presentadores de televisión en pleno baile. Supergirl asintió, aliviada—. Quiero que practiques las paradas en pleno vuelo y los despegues —anunció—. Tampoco esta-

ría mal echarle un vistazo a la escalada. A ver qué tal te sale esto —prosiguió, trepando por una pared de piedra en un tiempo récord.

Para no ser una superheroína, Barbara tenía unas habilidades sobresalientes.

—Babs, no me siento bien —le confesó Supergirl—. ¿Te importa si hoy nos saltamos el entrenamiento?

Su amiga se sorprendió.

—Ah, bueno. Claro, ningún problema. Espero que no sea nada.

—No sé yo...

—¿Qué dijiste?

—Que de seguro no será nada —contestó, sonriendo—. Tengo que irme. Hasta luego.

Esa semana, Supergirl se las arregló con las clases como pudo. Cuando los profesores preguntaban si alguien tenía alguna duda, todo el mundo esperaba que ella dijera algo, pero no lo hizo. Era como si el mundo entero y parte del otro hubiera visto el video que había grabado Harley sobre su desastroso vuelo, y eso, por descontado, incluía a los alumnos de Super Hero High. La kryptoniana había observado desde el viejo campanario cómo los adolescentes felicitaban a Wonder Woman por el espectacular rescate.

¡PLOF!

La amable señora de la cafetería descargó un pegote de comida imposible de identificar en el plato de Supergirl. Por lo general, se habría interesado por cómo estaba hecho y habría felicitado a los cocineros. Pero ese día no.

Ese día mantuvo la cabeza baja, con la esperanza de que nadie se fijara en ella. Incluso llevaba un disfraz, aunque no era muy bueno: una gorra de beisbol bajo la que se había remetido la melena rubia, una manta sobre los hombros a modo de toga y lentes oscuros.

Supergirl agarró la bandeja y se dirigió a uno de los rincones más alejados del comedor. Miró la comida y recordó los deliciosos platillos de tía Martha. Se preguntó si los Kent habrían visto el video de su pifia monumental. De seguro no. Hasta les costaba poner la alarma del despertador electrónico... Por suerte tenían a los gallos.

Estaba removiendo la comida por el plato cuando empezó a picarle el oído. Se rascó y oyó fragmentos de las conversaciones que se mantenían a su alrededor. Cheetah decía: «Además, ¿quién se ha creído que es esa Barbara Gordon? Todo el día rondando por el instituto, cualquiera diría que estudia aquí».

En otra mesa, Bumblebee y Hawkgirl rodeaban a The Flash, que estaba enseñándoles algo en la tableta y diciendo: «Hay demasiadas cosas que no funcionan... Creo que Super Hero High podría ser un objetivo... Todavía faltan libros de gran valor... Pero no hay tiempo... Y ahora, tres semanas después, vuelven a producirse fallos de seguridad en los Boom Tubes».

Cerca de una de las cinco salidas de emergencia, Katana le decía a Miss Martian: «No es por criticar, pero podrías dejar de volverte invisible tan seguido. ¡Eh! ¿Dónde te has ido?».

A Supergirl le sorprendió que nadie hablara de ella.

Sin previo aviso, un potente zumbido resonó en el aire, amenazando con reventarle los tímpanos. La joven kryptoniana silenció su superoído.

—¡¡¡Alerta, alerta!!! —retumbaron los altavoces—. Esto no es un simulacro. ¡Super Hero High está en alerta! Todo el mundo diríjase al auditorio de inmediato.

El comedor se vació en menos de medio segundo, y al cabo de dos, todos estaban sentados en el auditorio. La directora Waller esperaba en el estrado, con las manos a la espalda y cara seria, paseando arriba y abajo.

—Alumnos, como algunos ya saben, se ha producido un aumento de actividades sospechosas en Super Hero High —dijo Waller. Supergirl miró a los miembros de la Sociedad de Detectives Júnior y vio que asentían con gravedad—. Tenemos razones para pensar que una fuerza externa está intentando infiltrarse en nuestro instituto. Por eso, y hasta nueva orden, pasaremos al nivel siete de alerta, siendo diez el máximo.

Se produjo un cambio perceptible en el ambiente. ¡Nivel siete de alerta! Aunque muy pocos estarían dispuestos a admitirlo, la mayoría de los alumnos de Super Hero High no veían el momento de poner a prueba sus poderes en la vida real. Ya estaba bien de tantos exámenes y entrenamiento, ¿dónde estaban los supervillanos?

Supergirl miró por encima de los lentes oscuros. Con el instituto en alerta se sintió como una tonta con una manta encima. Tal vez había cosas más importantes en las que pensar que en el video viral.

—Todos los súpers tendrán asignada un aula —anunció Waller—. Por el momento, haremos a un lado Matemáticas y un par de materias más y nos centraremos en Armamentística, Prácticas de Vuelo y en las clases de Educación Física. Por favor, consulten las listas que hay pegadas en los pasillos y diríjanse al áula asignada de inmediato. Sus profesores acabarán de ponerlos al día.

Los alumnos pasaron corriendo por su lado de camino a la puerta de salida. Una vez que se quedó sola en el auditorio, Supergirl arrojó a un lado la gorra de beisbol, los lentes oscuros y la manta y dejó al descubierto el emblemático traje que llevaba debajo, el que había hecho llorar a Crazy Quilt. El mismo que por fin lucía con seguridad. Recordó su primer día en Super Hero High, lo que había aprendido, y pensó en sus amigos y en lo que le quedaba por delante. Con la cabeza alta y las manos en las caderas, por fin lo vio todo claro.

No había nada en el mundo que Supergirl deseara más que... ser una superheroína.

Se dirigía a los pasillos para reunirse con los demás súpers cuando pasó junto a Waller, que hablaba con Barbara.

—Me dan igual las horas extras —dijo su amiga—. Estoy deseando ponerme a trabajar en ello cuanto antes. Lo que sea por Super Hero High.

—Muy bien —contestó la directora—. Hablaré con tu padre.

Poco después, Supergirl escuchaba con atención las explicaciones de Liberty Belle.

—Todavía no sabemos de quién se trata ni de qué se trata...

Al mismo tiempo, también oyó que Cheetah cuchicheaba, rodeada de gente: «Según ha dicho Green Lantern, que se lo ha dicho Frost, que se lo ha dicho Adam Strange, que se lo ha dicho Bumblebee, quien se lo oyó decir a Ivy cuando hablaba con Hawkgirl y The Flash, vuelven a ser los Boom Tubes...».

«Qué ganas tengo de entrar en acción —oyó que comentaba Cyborg—. ¡Estoy más preparado que nunca!»

«Voy a afilar las espadas en cuanto salgamos de aquí», le confió Katana a Harley, quien respondió: «¡Voy a grabar un especial sobre esto titulado *Super Equipo Operativo de Seguridad de Super Hero High*! ¡Será un *reality show*!».

Mientras sus compañeros charlaban animados sobre las ganas que tenían de poner a prueba sus poderes en un enfrentamiento real, Supergirl descubrió que era incapaz de compartir sus fanfarronadas. A pesar de su gran sentido del bien y del mal, no deseaba entrar en combate. Al contrario, quería paz y justicia, y esperaba conseguirlas sin luchar. Quería ayudar, no causar daño.

Al fin y al cabo, sabía muy bien qué acarreaba la destrucción.

CAPÍTULO 23

Durante los días posteriores, Supergirl se mostró bastante reservada. Katana y Bumblebee intentaron sin éxito incluirla en sus conversaciones, y Wonder Woman insistió en que se sentaran juntas en clase. Con lo que estaba sucediendo en el instituto, todo el mundo formaba un gran grupo... todo el mundo menos Supergirl.

Paseaba por el comedor, con la bandeja en la mano, cuando notó que volvía a tener problemas para controlar su superoído. Las conversaciones se arremolinaban a su alrededor y se mezclaban con recuerdos de otras anteriores.

—Ya están los resultados. ¡Es una *Guadua longifolia*! —anunció Poison Ivy con complicidad.

—¿Qué resultados? —preguntó The Flash—. ¿Guad lo foli qué? ¿En qué idioma hablas?

—Los resultados de la hoja —le recordó Hawkgirl—. La que encontramos junto a la puerta de los Boom Tubes.

—Las visitas se están disparando —presumió Harley.

—Hay que vigilar a todo el mundo —dijo Waller.

—¡*Guadua longifolia*! —repitió Poison Ivy—. Es el nombre científico del bambú.

Supergirl echó un vistazo al subdirector Grodd, sentado en el otro extremo de la mesa del profesorado, que comía despreocupadamente delante de un tazón enorme lleno de bambú y se secaba la frente sudorosa con un pañuelo rojo. Los miembros de la Sociedad de Detectives Júnior también lo miraban.

En estado de alerta, los entrenamientos pasaron a ser más importantes que nunca. Supergirl sabía que debía recuperar su dignidad en la siguiente prueba de velocidad. Había estado practicando sin descanso con Barbara, quien le había dicho: «Cree en la superheroína que llevas dentro».

—Creo en la superheroína que llevo dentro —repitió Supergirl, situándose en la línea de salida—. Creo en la superheroína que llevo dentro.

Wonder Woman se quedó a su lado para darle apoyo moral.

—¡Tú puedes hacerlo! —la animó.

Katana, Hawkgirl, Poison Ivy y Bumblebee asintieron cuando la luz roja de la cámara de video de Harley se encendió para empezar a grabar.

Supergirl respiró hondo.

—Tres... Dos... Uno... ¡¡¡Ya!!! —gritó Wildcat.

Sin tiempo ni para pestañear, la kryptoniana salió disparada. Sus piernas se movían a tal velocidad que apenas se distinguían, y el rápido vaivén de los brazos la ayudaba a darse impulso. Se sentía bien. Todo estaba bajo control. ¡Nada podría detenerla!

—¡Noventa y cinco! —anunció Wildcat cuando Supergirl rebasó la línea de meta como un rayo—. ¡Has sacado un noventa y cinco en la prueba de velocidad!

Sin embargo, la joven no tuvo tiempo para saborear su triunfo porque justo entonces sonó la alarma de seguridad y, sin detenerse, se dirigió a la puerta de los Boom Tubes, llevada por la intuición.

La directora Waller no tardó en hacer compañía a Supergirl, que había sido la primera en llegar. Aunque The Wall no poseía ninguno de los superpoderes más comunes, su férrea determinación hacía que pareciera más rápida, inteligente y fuerte que la mayoría de sus alumnos.

Waller rozó a Supergirl al pasar por su lado y se agachó.

—Abolladuras y rasguños —dijo, atónita—. Se supone que estas puertas son a toda prueba.

—¿Qué cree que haya pasado? —preguntó Supergirl. ¿Era posible que alguien hubiera entrado en los Boom Tubes?, se preguntó. ¿Había alguien en el instituto tan interesado en los Boom Tubes como ella? ¿Alguien dispuesto a arriesgarse a poner en peligro la seguridad de Super Hero High? ¿O ese alguien tenía un plan más siniestro en mente?

La directora negó con la cabeza.

—Es todo un misterio.

La Sociedad de Detectives Júnior llegó en ese momento y, sin abrir la boca, el trío se dispuso a trabajar. The Flash espolvoreó la puerta en busca de huellas. Bumblebee utilizó una regla para medir las hendiduras. Hawkgirl sacó fotos.

—Quiero un informe completo —pidió Waller a Grodd, que esperaba a pocos pasos, aguardando sus órdenes—. Que continúen los entrenamientos. Por ahora, todo está bajo control. Mantenga a Barbara Gordon al corriente, viene en camino. ¡Debo comprobar que el resto del campus sea seguro! —anunció mientras se alejaba por el pasillo. El subdirector Grodd tomó la dirección opuesta.

—Animalístico —comentó The Flash, sin apartar la vista de los arañazos.

—¿Gorilístico? —preguntó Hawkgirl.

—Otra —dijo Poison Ivy con una hoja de bambú en la mano.

—¡Gorilla Grodd! —exclamaron todos al unísono.

—Es un villano reformado —les recordó The Flash.

—Y la última vez que hubo un fallo de seguridad, encontramos una hoja de bambú aquí mismo —añadió Hawkgirl.

—Se pone nervioso cuando la gente se dirige a él —apuntó Poison Ivy.

—¿Y eso son pruebas suficientes? —preguntó Supergirl.

Los súpers la miraron, sorprendidos de que estuviera allí.

—Sólo preguntaba —respondió—. Da igual.

CAPÍTULO 24

–... En resumidas cuentas —dijo la directora Waller, dirigiéndose a los alumnos reunidos en asamblea—, Super Hero High continuará en alerta hasta nueva orden. Wonder Woman organizará un grupo de voluntarios para vigilar la puerta de los Boom Tubes las veinticuatro horas del día y... ¿Sí, Beast Boy?

—¿Quien se presente voluntario podrá salir de clase? —preguntó. Varios súpers cruzaron los dedos.

The Wall suspiró.

—Wonder Woman está a cargo de la composición de los grupos. No es para tomárselo a broma. ¡La seguridad de Super Hero High está en entredicho! Eso es todo, ¡pueden salir!

Con la velocidad y la eficiencia digna de una princesa amazona, Wonder Woman organizó a los voluntarios. Prácticamente todo el mundo quería participar. Algunos súpers incluso se ofrecieron a hacer varios turnos. Los profesores acordaron que vigilarían las pantallas de los monitores. Granny Goodness se ofreció a llevar galletas y chocolate caliente a los del turno nocturno.

El nerviosismo se respiraba en el ambiente. Todo el mundo contaba con una teoría. No tenía nada que ver con la vez que habían encontrado los coches de los profesores subidos a los árboles ni con esa otra en que alguien había fundido los casilleros. Aquello no era una broma.

¡¡¡Alerta!!!

Cuando sonó la Campana de Salvación, los alumnos vacilaron al principio, a la espera de que Bumblebee o alguien —quien fuera— les dijera que sólo se trataba de un simulacro. Sin embargo, nadie dijo nada y, al cabo del nanosegundo que tardaron en entenderlo, todos los estudiantes de Super Hero High estaban listos para entrar en acción. Para eso habían estado entrenando. De pronto, todo el mundo se puso serio. Incluso Beast Boy.

Wonder Woman tomó el mando y empezó a dar órdenes. No había tiempo para andarse con sutilezas. Supergirl despegó de inmediato y se unió a ella mientras se dirigían a Metropolis, una al lado de la otra. La princesa amazona señaló algo cuando rodearon el tejado del edificio Ace Athletic Supplies. La superheroína kryptoniana utilizó su supervisión y se concentró en una mujer de tres metros de alto que acababa de abrir un boquete en el escaparate de Eclipso Jewels de un puñetazo. Aquella giganta agarró un puñado de collares de diamantes y los metió en un enorme bolso. Antes de que nadie pudiera intervenir, apareció un guardia de seguridad, pero la mujer sonrió y le propinó un puñetazo que lo envió volando por los aires.

—¡Es Giganta! —gritó Miss Martian cuando el hombre cayó al suelo, y se volvió invisible.

—¡Súpers terrestres! ¡Harley, Cheetah, Katana, Ivy,

The Flash! —los llamó Wonder Woman sin perder tiempo—. Rodeen la tienda con la maniobra serpiente secreta. Súpers voladores, Bumblebee, Hawkgirl, Beast Boy, Green Lantern y los demás, divídanse en cuatro cuadrantes y adopten la formación diamante desafiante, preparados para intervenir...

Supergirl esperó sus instrucciones mientras la superheroína de Paradise Island continuaba repartiendo jugadas como un *quarterback*. Era como si todos los alumnos de Super Hero High tuvieran algo que hacer menos ella. ¿Estaría molesta Wonder Woman porque había intentado superarla en el examen de fuerza al utilizar a Beast Boy igual que había hecho ella? ¿O quizás había sido demasiado atrevida al volar junto a la famosa guerrera en una misión tan peligrosa? Después de que todo el mundo hubiera ocupado sus posiciones, Wonder Woman miró a su compañera y arrugó la nariz.

—¿Qué estás esperando, Supergirl? ¡Tú vienes conmigo!

Kara tuvo la sensación de que a su corazón le salían alas mientras se dirigían a toda velocidad al escaparate de Eclipso.

—¡Giganta! ¡Suelta esas joyas ahora mismo! —gritó la princesa amazona con voz potente.

La descomunal villana alzó la vista y se sorprendió al verse rodeada de un ejército de superhéroes adolescentes, tanto por tierra como por aire. Despacio, sonrió y empezó a crecer, cada vez más, hasta que eclipsó el edificio Eclipso y su sombra casi les hizo creer que había anochecido.

—¡Se vuelve más agresiva a medida que aumenta de tamaño! —gritó Supergirl. ¡Por fin servía de algo todo el trabajo de investigación que había hecho sobre héroes y villanos!

Giganta agarró un monoplaza y se lo lanzó a Wonder Woman, quien lo rechazó con su escudo. Utilizando el estacionamiento que tenía al lado como arsenal personal, la supervillana empezó a arrojarle un coche tras otro mientras la princesa amazona los esquivaba.

La gente que abarrotaba las calles aplaudía, pero Supergirl sabía que aquel lugar no era seguro para ellos. Un hombre se desmayó cuando un coche eléctrico estuvo a punto de alcanzarlo. Al instante, Hawkgirl descendió en picada y puso al sujeto a salvo.

—¡Bumblebee! —Wonder Woman la llamó—. ¡En posición!

La superheroína voladora asintió y se encogió hasta alcanzar el tamaño de una goma de borrar.

—¡Tres, dos, uno... ya! —gritó la hija de Hippolyta.

Tras la orden, la diminuta superheroína se dirigió directo hacia Giganta y le lanzó un aguijonazo eléctrico. La sorpresa se transformó en dolor y la mujer descomunal arrancó una farola del suelo y la agitó como si fuera un matamoscas para derribar a Bumblebee. Ella zumbaba alrededor de su cabeza, esquivándola, bailando y cantando alegremente «¡Ser una superheroína es divertido!».

—¡Cuidado! —gritó Supergirl, viendo que Giganta estaba a punto de aplastar a su amiga.

Bumblebee se salvó por un pelo alejándose a toda velocidad. Como Wonder Woman estaba ocupada protegiendo a los ciudadanos de Metropolis que en esos momentos eran presa del pánico, la única que podía detener a Giganta era Supergirl.

La joven kryptoniana enderezó la espalda y se concentró en la farola que la supervillana blandía en su enorme mano. Respiró hondo, miró fijamente su objetivo y dirigió los rayos láser de sus ojos hacia la farola...

Cheetah, quien había estado apartando los coches abandonados de las calles para que los vehículos de emergencias pudieran pasar, se burló.

—¿Estás segura de que lo tienes controlado, Supergirl? ¡Recuerda lo que ocurrió con tu amigo el dinosaurio!

La kryptoniana torció el gesto. Y eso fue suficiente. Los rayos láser se desviaron unos centímetros del objetivo y, antes de que le diera tiempo a rectificar su trayectoria para alcanzar su objetivo, Giganta apartó la farola del camino de los potentes rayos con un rápido movimiento. Era demasiado tarde para detenerlos y convergieron en la ventana del rascacielos que quedaba detrás de la supervillana. Los rayos rebotaron en el edificio y se dirigieron directos a Bumblebee, que en esos momentos sobrevolaba a Giganta, a punto de descargar el segundo aguijonazo eléctrico.

Supergirl ahogó un grito, horrorizada, cuando los rayos láser rozaron la pierna de su amiga. El aullido de Bumblebee resonó en todas partes al tiempo que se precipitaba hacia el suelo a una velocidad vertiginosa. La diminuta superheroína recuperó su tamaño normal antes de estamparse con dureza contra la acera.

Presa del pánico, Supergirl voló hacia ella. Tenía el rostro contraído por el dolor y se agarraba la pierna. La joven kryptoniana se arrodilló a su lado, intentando reconfortarla.

—Estoy bien —le aseguró Bumblebee valientemente. Se le había doblado una de las alas. No consiguió ocultar su disgusto—. No es para tanto.

Cheetah apareció con un equipo de primeros auxilios y atendió a la herida.

—Supergirl —dijo—, quizá sería mejor que dejaras lo de hacer de superhéroe a los profesionales, tal vez así todo el mundo estaría más seguro.

La kryptoniana se sintió fatal. Era culpa suya. No estaba ayudando a la causa, sino perjudicándola... y también estaba perjudicando a sus amigos. Detrás de ellas, Giganta lo arrasaba todo a su paso. Supergirl levantó la vista y vio a Harley y a un grupo de súpers que corrían en auxilio de Bumblebee.

—¡Déjenle sitio para que respire! —pidió la joven kryptoniana, levantando los brazos y echándolos hacia atrás.

—¡Uf! —exclamó Wonder Woman. Supergirl la había golpeado sin querer y la había enviado a diez metros de allí. La princesa guerrera se estampó contra una valla publicitaria donde se anunciaba «Seguros de colisión, la seguridad es lo primero».

—¿Lo ves? Hasta Wonder Woman estaría más segura sin ti —insistió Cheetah, mientras cortaba una venda con los dientes. Katana ayudó a ponerse a salvo a Bumblebee, que avanzaba con paso renqueante, mientras Poison Ivy iba a ver cómo se encontraba la hija de Hippolyta, que sólo estaba ligeramente aturdida. Harley dirigió la cámara hacia Giganta.

Enfurecida, la supervillana había alcanzado tal tamaño que, cuando sonrió a los oficinistas del noveno piso del edificio contiguo, todos se lanzaron al suelo y se escondieron debajo de sus mesas.

—¡Haz algo, Supergirl! —gritó alguien—. ¡Ayúdanos!

La kryptoniana no pudo moverse. Su cerebro le decía

que volara, que utilizara sus poderes para hacer algo, lo que fuera, pero estaba paralizada.

—No te preocupes, Supergirl, yo me encargo —dijo Cheetah, haciéndole una señal a un grupo de súpers—. ¡Síganme todos! —ordenó mientras se dirigía hacia el peligro a la velocidad del rayo.

Con Cheetah al frente, los súpers consiguieron derribar a Giganta con gran espectacularidad.

Demasiado afectada para unirse a ellos, Supergirl contempló el caos que la rodeaba como si fuera una mera espectadora o alguien que se hubiera conectado a *Los Quinntaesenciales de Harley*. Finalmente, negó con la cabeza, admitiendo su derrota.

—Estarán más seguros sin mí —murmuró mientras se alejaba volando, dejando la batalla a sus compañeros.

CAPÍTULO 25

A nadie le sorprendió que el video de Harley se encontrara entre los más vistos de televisión e internet. Como Lois Lane decía en su artículo: «Capturar a Giganta se ha conseguido gracias a un espectacular trabajo de equipo, dirigido en gran parte por Cheetah».

Harley lo había grabado todo para su reportaje en exclusiva de *Los Quinntaesenciales*, hasta incluía una sección titulada *Lo mejor de lo mejor*, en la que aparecían escenas del enfrentamiento, además de cambios de plano en los que Supergirl hería a su amiga sin querer y luego abandonaba la escena. A pesar de los días que habían transcurrido, la kryptoniana seguía sintiéndose avergonzada, sobre todo porque Cheetah y Star Sapphire no se ahorraban ni un solo comentario malicioso.

—Supergirl, ¿has olvidado cómo se lucha?

—¡Qué bien has hecho de gallina! ¡Ay, perdón, de heroína!

—No se te da mal jugar en equipo, aunque ¿con qué equipo juegas? ¿Con el de los otros?

Ojalá no tuviera que ir al colegio. Ojalá pudiera quedarse en la cama y esconderse.

—¡Despierta, holgazana! —dijo Bumblebee—. ¡Hoy hay examen!

Un examen. Lo último que necesitaba.

La joven kryptoniana vio a Miss Martian cerca de clase. Aparecía y desaparecía mientras ella avanzaba por el pasillo.

—Hola, Supergirl —la saludó con timidez—. Siento que estés tan triste.

Era imposible ocultarle nada a Miss Martian.

—Sí... bueno, ya sabes.

La joven alienígena asintió.

—Sí, lo sé —contestó—. Y tú también.

—¿Qué? —preguntó, pero Miss Martian había vuelto a desaparecer.

Continuó preguntándose qué habría querido decir su amiga. ¿Qué se suponía que sabía? ¿Qué se suponía que debía hacer? Cuando por fin salió al campus, vio que había alumnos por todas partes entrenando en parejas, en grupos e individualmente. Poison Ivy le hablaba a una hilera de rosales, animándolos a florecer, y los felicitó cuando lo hicieron. Katana estaba lanzando cuchillos al aire como si estuviera troceando las nubes y luego giraba sobre sí misma y los atrapaba... sin quitarse la venda que llevaba en los ojos. Y The Flash corría alrededor del campus a una velocidad tan vertiginosa que parecía que estuviera compitiendo consigo mismo. A Supergirl le encantaba verlos tan entregados, y en ese momento comprendió lo que había querido decir Miss Martian.

A pesar de la sensación de derrota, quería seguir en Super Hero High. Quería ser como sus compañeros, que se esforzaban para hacer del mundo un lugar más seguro. Y ella también podía hacerlo, lo sabía, pero iba a tener que trabajar muy duro.

Se dirigió a la clase de Educación Física con energías renovadas. Enderezó la espalda y entró en el aula con paso decidido, preparándose mentalmente para lo que le esperaba.

—Escúchenme bien, súpers —gruñó Wildcat—. Hoy toca carrera de obstáculos. ¡Nada de salvamentos básicos, como rescatar mascotas!

—Como Rainbow —comentó Hawkgirl.

—Exacto. ¡Buen ejemplo! —vociferó Wildcat—. Parece que no hay manera de que ese chico no se meta en líos. No, se trata de una prueba seria con la que se valora su capacidad para mantenerse a salvo, tanto a ustedes mismos como a los demás.

El profesor se recolocó la capucha y miró a sus alumnos. Uno parecía más erguido que los demás.

—Supergirl —la llamó—. ¡Tu turno! Veamos de qué estás hecha.

Se oyó un leve rumor cuando la joven kryptoniana se acercó a la línea de salida. Durante aquellos últimos días, había procurado evitar a sus amigos y compañeros siempre que le había sido posible y no había hablado con nadie. Sin embargo, eso no significaba que los demás no hubieran hablado de ella.

«Se le ve muy creída», había comentado Frost mientras se aplicaba pintalabios de color blanco en el baño de las chicas.

«Pues no tiene por qué —había dicho Cheetah mientras caminaba tranquilamente por el pasillo—. Fui yo quien se hizo cargo de la situación.»

«No sé ni qué hace aquí —había dicho Star Sapphire en Armamentística—. Creía que este instituto era para superhéroes, no para supertorpes.»

—Tres... Dos... Uno... ¡Ya! —gritó Wildcat—. ¡Supergirl! He dicho ¡ya! Haz algo, no te quedes ahí parada. ¡El tiempo pasa!

—¿Eh? Ah, lo siento —se disculpó, intentando olvidar los comentarios que había oído durante los dos últimos días.

No sintió nada mientras rebotaba contra los postes electrificados y avanzaba torpemente a través del bosque de láseres. Ni siquiera se inmutó cuando la bombardearon con cañones. A su llegada a la meta, había impuesto un nuevo récord: el del peor tiempo de toda la historia del instituto.

«Pues menos mal que iba a demostrar a todo el mundo de qué estoy hecha», pensó.

Esa misma noche, más tarde, Supergirl fue a la biblioteca para hacer un trabajo. Habría ido más temprano, pero no se sentía con fuerzas para ver a nadie. Hawkgirl estaba sentada, sola, en una de las mesas de madera maciza, rodeada de montañas de libros y periódicos tan antiguos que no estaban disponibles en internet.

La joven kryptoniana vio que Granny salía de detrás de una estantería y se dirigía hacia Hawkgirl con su caminar tambaleante.

—*Compendio de supervillanos* —dijo la bibliotecaria, retirando de un soplido el polvo de la tapa de cuero del libro—. Te he dejado marcadas varias secciones que podrían resultarte interesantes. Me maravilla que se te haya ocurrido remontarte en la historia para tratar de averiguar lo que ocurre en la actualidad y de quién deberíamos desconfiar.

Mientras la anciana se alejaba arrastrando los pies y apoyándose en su bastón, Supergirl utilizó su supervisión y vio que Hawkgirl abría el libro por la página que Granny le había marcado, en la que aparecía una foto de Gorilla Grodd en posición de ataque mientras un grupo de ciudadanos aterrorizados huía despavorido. Ahogó un grito y se tapó la boca al instante, pero era demasiado tarde. La miembro de la Sociedad de Detectives Júnior levantó la vista y la vio saliendo de las sombras.

—«Gorilla Grodd lidera un ejército de gorilas que tratan de conquistar Central City» —leyó Hawkgirl en voz alta.

Las dos súpers se temieron lo peor.

Supergirl estaba sentada en la cornisa del antiguo campanario contemplando el firmamento nocturno. Le gustaba aquel lugar. Sí, la Torre Amatista se alzaba triunfante, reluciente, nueva. Pero allí se sentía más a gusto. Era más pequeño. Más seguro. Más modesto.

La alerta había vuelto a saltar un par de veces en los últimos días. Otra vez los Boom Tubes. ¿Era posible que fuera Grodd quien intentaba llegar a ellos? Pensó en el desgarbado subdirector, con ese saco que le quedaba pequeño, su obsesión con los plátanos y el bambú, e incluso sus torpes bromas cavernícolas. No encajaba en el instituto, aunque, pensándolo bien, ella tampoco.

De pronto, oyó un crujido en la escalera de madera que conducía a lo alto de la torre y se volteó de inmediato, preparándose para lo peor.

—¡Eh, Supergirl!

Se relajó. Era Barbara Gordon. Vaya, cuánto la echaba de menos, pero con lo que había estado ocurriendo, había evitado a todo el mundo, incluyéndola a ella.

Babs apartó la vieja cuerda de la campana y despertó sin querer a una bandada de murciélagos que colgaban del techo. Supergirl cerró los ojos y se cubrió la cabeza para protegerse de la embestida de aquellas pequeñas criaturas de alas negras que empezaron a revolotear por toda la torre lanzando chillidos estridentes. Cuando volvió a abrirlos, su amiga sonreía la mar de feliz, con el pelo agitado por el viento que producían las alas de los murciélagos. Las dos chicas los vieron pasar por delante de la luna llena con su aleteo nervioso.

—A todo el mundo le dan asco, menos a mí —dijo la hija del comisionado Gordon, recolocándose los lentes. No parecía sorprendida de haber encontrado a Supergirl en lo alto de la torre. Aunque también era cierto que no se inmutaba ante nada—. Saben aprovechar al máximo lo que tienen. No poseen visión nocturna, pero se las ingenian de todas maneras.

Las dos chicas continuaron calladas. Supergirl no se sentía incómoda a pesar del silencio, y eso la alegraba. Estaba a gusto.

—Eh, Barbara —dijo, al fin.

—¿Mmm? —contestó su amiga, atenta a la pareja de murciélagos descarriados que se incorporaba con elegancia a los que volaban en formación.

—¿Crees que podría ser Grodd el que está intentando entrar a los Boom Tubes? —preguntó—. Está la hoja, que según Ivy es de bambú, y no la hemos encontrado sólo una vez, sino dos, después de que alguien intentara entrar. Y Hawkgirl ha descubierto que Grodd antes era un villano y que incluso tenía un ejército propio... ¡Atacó e intentó tomar Central City!

Babs permaneció callada cuando terminó de exponer sus teorías, por lo que Supergirl pensó que quizás estaba procesando lo que había oído y que acabaría concibiendo un plan para detener a Gorilla Grodd. Se le daba bien idear «estrategias», como decía el señor Fox, el profesor de Armamentística; en lugar de utilizar láseres o lazos, el arma secreta de Barbara Gordon era su inteligencia.

—No sé si es muy buena idea juzgar al subdirector Grodd basándose en lo que hizo en el pasado o en acusaciones y pruebas circunstanciales muy débiles. Se supone que se ha reformado. Si hay algo que he aprendido de mi padre, el comisionado Gordon —contestó Barbara con voz pausada—, es que todo el mundo merece una oportunidad. No se debe juzgar por las apariencias. Hay que centrarse en los hechos. Tomar una decisión bien fundada. Guiarte por tu instinto. Y, entonces, actuar.

—¿Guiarte por tu instinto? —repitió Supergirl.

Barbara asintió.

—¿Qué sientes? ¿Qué te dicta el corazón? Los hechos y las cifras están muy bien, pero no lo son todo —afirmó, y volvió a guardar silencio.

La joven kryptoniana se preguntó si no estaría enfadada con ella por sacar conclusiones precipitadas sobre Grodd.

—Ha sido un placer conocerte —dijo Babs, abatida.

«¡Está enojada conmigo!», pensó Supergirl. Un momento. A lo mejor era algo peor. «¿Van a echarme de Super Hero High?», se preguntó. Era eso, ¿no? ¡Barbara se había enterado antes que ella!

—Mi contrato está a punto de finalizar —prosiguió su amiga—. Dejaré de trabajar en el instituto muy pronto.

Aquella noticia era mucho peor de lo que había imaginado. No tenía nada que ver con ella, sino con Babs.

—Pero ¡si te encanta trabajar aquí!

—A quién se lo cuentas... —dijo Barbara, jugueteando con su cinturón multiusos—, pero mi contrato era temporal, y a mi padre no le hace mucha gracia que conserve este trabajo. Quiere que me centre en mis estudios. Insiste en que acabe el instituto y me saque una beca en una escuela de administración de empresas para que sea contadora o me dedique a alguna profesión que no represente ningún peligro.

—No, no, no —protestó Supergirl—. Te necesitamos aquí. Super Hero High te necesita.

—Él no piensa lo mismo —repuso Babs, intentando sonreír, aunque no lo consiguió.

La kryptoniana guardó silencio, asimilando la información.

—Pero si eres increíble en todos los sentidos. Ojalá fuera como tú —exclamó al fin, envolviéndose en la capa en busca de consuelo.

—¿Una ingeniera increíble, valiente y divertida y sin un solo superpoder? —bromeó Barbara.

—¡Tú tienes poderes! —insistió Supergirl, levantándose de un salto—. Ojalá yo tuviera una décima parte de tu inteligencia. Tu cerebro es tu superpoder, Babs. Eres la que más sabe de alta tecnología. Además, nunca has hecho daño a nadie; no como... bueno, como yo —con un gesto de la mano, abarcó todo lo que se extendía a sus pies—. Si no fuera una superheroína, el mundo estaría más seguro —concluyó con un hilo de voz.

Esta vez fue Barbara la que se levantó. Estaba muy seria.

—Quiero que dejes de sentir lástima de ti misma —le pidió con sinceridad—. Gracias a ti, un día el mundo será más seguro. Estás en Super Hero High para aprender a ser una superheroína y, a diferencia de muchos de tus compañeros, sólo hace unos pocos meses que tienes tus poderes. Hazlo lo mejor que puedas. Es lo único que se te pide.

Supergirl ahogó un grito. Aquellas palabras le resultaban muy familiares. Pensó en su madre, cuando le decía: «Haz las cosas siempre lo mejor que puedas, Kara, y todo saldrá bien». Cuando volvió al presente, Barbara estaba repasando la lista de sus poderes.

—¡Y puedes volar! Daría lo que fuera por volar una sola vez como un murciélago.

—Tú y tus murciélagos... —dijo Supergirl con cariño—. Debería llamarte Batgirl.

—Me gusta. Batgirl —Barbara repitió el nombre, moviendo el brazo en un gesto teatral—. Batgirl.

Supergirl le tendió una mano.

—Ven, Batgirl.

Barbara la miró sin comprender, pero le dio la mano sin dudarlo.

—¡Prepárate, vamos a dar una vuelta! —gritó la joven kryptoniana, elevándose hacia el cielo.

Una sonrisa permanente acompañó a las dos amigas mientras sobrevolaban Super Hero High, Metropolis y más allá. La luna brillaba y el parpadeo de las estrellas les indicaba el camino. Ninguna de las dos dijo nada durante todo el trayecto. Sobraban las palabras. Aquel vuelo lo recordarían el resto de sus días.

CAPÍTULO 26

Unos días después, la joven kryptoniana se dirigía hacia la mesa durante el desayuno, sujetando con sumo cuidado la bandeja para que no se le cayera nada, cuando Barbara se abrió paso a empujones para entrar en el comedor.

—¡Supergirl! —la llamó, jadeando. La superheroína de Krypton dio un respingo y vio que los huevos revueltos resbalaban del plato y acababan apachurrados en el suelo—. ¿Dónde está la Sociedad de Detectives Júnior? —le espetó la hija del comisionado.

—Este... ¿aquí? —dijo The Flash, en la mesa que quedaba a sus espaldas.

—Siéntate —la invitó Bumblebee, acercándose a Hawkgirl para dejarle sitio.

Parasite masculló algo entre dientes mientras limpiaba el desaguisado.

—Lo siento —empezó a disculparse Supergirl, pero la mirada asesina del conserje la interrumpió.

—Mi dispositivo de rastreo de transmisiones interestelares ha entrado en una actividad frenética —les informó Barbara—. ¡He interceptado un mensaje procedente de fuera de la Tierra que parece estar relacionado con los Boom Tubes!

—¿Qué dice? —preguntó Hawkgirl.

—¡Somos todo oídos! —la animó The Flash.

—Sí, sí, cuenta o me da algo —la apremió Poison Ivy.

—El mensaje dice: «¡Nuestro ejército pronto se alzará!» —recitó Barbara después de beber del vaso de Hawkgirl.

Se hizo un silencio abrumador.

Supergirl se había quedado pasmada.

Por fin, The Flash se decidió a decir algo.

—¡Hay que contárselo a Waller sin falta!

—Está en la conferencia semestral sobre «Cómo tratar con adolescentes y su angustia, ira y agonía» —repuso Barbara.

—Se trata de información vital. La seguridad del mundo podría depender de ello —protestó Bumblebee.

Supergirl se aclaró la garganta. Los integrantes de la Sociedad de Detectives Júnior la miraron sorprendidos.

—Iré volando y se lo diré —se ofreció—. Así ustedes pueden empezar a trabajar con la nueva información.

Menos de una hora después, la directora se encontraba en el estrado después de haber convocado una reunión de emergencia, apoyada por los profesores y el subdirector Grodd, que se sentaban detrás de ella.

—Según los datos de los que disponemos, existe una amenaza real y Super Hero High podría ser el primero de los objetivos principales. Si no se detiene a estos villanos, el mundo entero y parte del universo estarán en peligro —Waller parecía más seria de lo habitual, cosa que tenía mérito. Nadie se atrevió ni a pestañear—. Desconocemos dónde se producirá la invasión, pero sí sabemos que los Boom Tubes son, probablemente, un punto de intercepción. Debemos estar alerta y no bajar la guardia en ningún momento. Por ahora se suspenden las clases habituales, que serán sustituidas por Armamentística Extendida y entrenamiento de combate. ¡Todo el mundo, ojo avizor!

Un murmullo grave recorrió la sala. Había alumnos asustados, preocupados y también quienes estaban impacientes por poder poner a prueba sus poderes fuera de clases. Todos sabían que se trataba de algo serio. Como si fuera capaz de leerles la mente, la directora añadió:

—No se trata de un juego. Hay vidas en peligro. Debemos trabajar unidos para hacer frente a esta situación. ¿Entendido?

—¡Sí, directora Waller! —gritaron los súpers.

—¿Qué? —preguntó The Wall, colocándose la mano detrás de la oreja.

—¡¡¡Sí, directora Waller!!! —volvieron a gritar, esta vez levantándose de sus asientos.

Había algo que no encajaba. Estaba relacionado con la puerta de seguridad de los Boom Tubes, pero nadie sabía de qué se trataba. Una sensación generalizada de preocupación planeaba sobre los alumnos y el profesorado.

—Está más abollada —observó Supergirl, agachándose para examinar las marcas recientes de la puerta—. ¡Miren!

Hawkgirl asintió.

—Es como si alguien o algo intentara entrar.

—¡Guardias dobles! —decidió Waller cuando hacía la primera de las muchas rondas nocturnas para comprobar que el instituto era seguro—. ¡Y guardias triples si es necesario!

Supergirl se volvió hacia Katana, quien asintió y señaló su espada como si dijera: «Que lo intenten».

—Katana y yo haremos el turno nocturno —se ofreció Supergirl.

—¿Chocolate caliente con nubes? —preguntó alguien cuando las chicas se metían en los sacos de dormir. Ambas se volvieron y vieron a Granny, que llevaba una bandeja con galletas y tazas humeantes—. Beban todo el que quieran, cielos —dijo—. Hay chocolate de sobra.

Supergirl apuró su taza y pidió un poco más. El delicioso chocolate caliente le llenó el estómago y le produjo una agradable sensación de bienestar.

—Katana —llamó a su amiga, dándole un ligero codazo—. ¡Despierta! Se supone que estamos vigilando los Boom Tubes.

La superheroína asiática se incorporó y se frotó los ojos. Era más de medianoche.

—Debo de haberme dormido.

Le dio un nuevo trago al chocolate caliente y alargó la mano para agarrar una galleta. Le cayó un poco de azúcar espolvoreado sobre el traje.

—Hay que estar despiertas —insistió Supergirl, sintiendo que se le cerraban los párpados.

—¡Despiertas! —repitió Katana, intentando luchar contra el sueño.

—¿Así es como vigilan la puerta de los Boom Tubes? —preguntó Hawkgirl muy seria—. ¡No están siguiendo el protocolo!

Supergirl y Katana se incorporaron al instante. Se habían quedado dormidas en el suelo, y la parte inferior de la puerta presentaba nuevos rasguños.

Hawkgirl negó con la cabeza, y era evidente que Poison Ivy sentía pena por ella.

—Ustedes dos, vayan a desayunar —ordenó Hawkgirl con las manos en las caderas—. Es nuestro turno.

Supergirl se sentó a la mesa del comedor y miró a Wonder Woman, que ya llevaba emborronadas varias páginas mientras se metía cucharadas de cereales en la boca sin prestar atención, por lo que había deliciosos copos de colores desperdigados por todas partes.

—Estoy trazando un plan —le explicó, dándole la vuelta a una hoja—. Lo que pasa es que no hay manera de cuadrar las coordenadas.

Supergirl echó un vistazo a los papeles, pero no consiguió descifrar aquel galimatías. Oyó que The Flash y Bumblebee hablaban en la mesa de al lado.

—Míralo —dijo él.

—Es como si le valiera todo, ¿no? —comentó ella, echándose más miel en el té—. Como si ya no le importara disimular...

Supergirl se volvió hacia donde miraban. Se trataba de Gorilla Grodd, que estaba disfrutando de un enorme plato de bambú. Hizo un esfuerzo por recordar lo que había dicho Barbara acerca de no sacar conclusiones precipitadas. Sin embargo, no podía pasar por alto el artículo que Granny había desenterrado sobre el pasado criminal de Grodd y las hojas de bambú que habían encontrado junto a las puertas de los Boom Tubes. ¿Coincidencia?

Durante los ejercicios de Repaso de Combate, Supergirl intentó prestar atención a lo que decían los profesores. Hizo preguntas y procuró ayudar en todo lo posible. Además, se mostró muy cordial y alegre con todo el mundo. No le quedaba otra opción. Estaba decidida a dejar atrás el desastre de Giganta, y parecía que Bumblebee la había perdonado. Igual que los demás.

Todo el mundo estaba concentrado al máximo en los ejercicios de fuerza, poderes y armas. Algunos tal vez demasiado concentrados. Con la inyección de adrenalina, la tasa de accidentes se había elevado más de lo habitual y a Supergirl le pasaba algo raro: por un lado, se alegraba de no ser la única que la pifiaba y, por otro, se regañaba por ello. Había vidas en juego, como Waller les había recalcado. Todos debían hacerlo lo mejor posible.

Con la intención de tranquilizarlos, la directora ordenó a los adolescentes que siguieran con sus rutinas habituales, lo que implicaba comer a su hora e irse a dormir cuando tocaba... salvo los voluntarios que estuvieran de guardia.

—Mira esto —dijo Harley. Estaban en la sala de informática. Supergirl echó un vistazo a la pantalla por encima del hombro de su amiga y vio que Lois Lane estaba retransmitiendo en directo por internet. Analizaba quién podría estar reuniendo un ejército.

—Me parece que ya lo sabe todo el mundo —comentó Supergirl.

—En este sitio es difícil guardar un secreto —le dio la razón Harley, sonriendo con dulzura un segundo antes de soltar una carcajada y realizar un mortal hacia atrás—. ¡Me encantan los secretos, y a esto también! —exclamó, levantando la cámara.

«Sin embargo, no sólo los superhéroes de Super Hero High están en alerta —informaba Lois—. Según mis fuentes, en estos momentos están produciéndose movimientos en otro cuadrante del espacio exterior. Eso significa que podría tratarse de Darkseid, Mongul, Massacre o cualquier otro villano con deseos de dominar la Tierra.»

Hawkgirl entró en la habitación.

—Tienes una llamada —le comunicó a Supergirl—. Es tu tía Martha. Parece preocupada.

La joven kryptoniana cogió el teléfono.

—Sí... No... Sí, estoy a salvo. Bueno, es decir, estoy aquí para mantenerlos a ustedes y a todos los demás a salvo. Sí, tía Martha, iré con cuidado. Te lo prometo. Dale recuerdos a tío Jonathan. ¿Qué? Ah, ok... Hola, tío Jonathan, sí, ya veo que está preocupada. Lo sé. Lo sé. Ok, los llamaré más tarde.

Hawkgirl asintió, haciéndose cargo.

—Mi abuela está muerta de preocupación —dijo—. No sé qué es peor, tener súpers en la familia que saben perfectamente a qué tipo de peligros podríamos tener que enfrentarnos o parientes sin poderes que se creen todo lo que ven en la tele.

Supergirl sonrió dándole la razón y se encogió de hombros.

—¿Es en serio? —preguntó Barbara, entrando en tromba—. Acabo de ver el reportaje de Lois Lane. Además de estar sitiados, se avecinan más ataques desde otras partes. ¿Qué puedo hacer para ayudar?

Supergirl miró a su amiga. Barbara se moría de ganas por echar una mano. ¡Y entonces se le prendió el foco!

—Creo que ya lo sé —dijo—. Ven conmigo, Babs.

La arrastró hasta donde estaba Wonder Woman, que para entonces se hallaba prácticamente enterrada bajo montañas de papeles.

—¿Qué tal va? —preguntó la joven kryptoniana.

—No va —contestó la princesa amazona, que parecía con el ánimo por los suelos, algo muy poco habitual en ella—. Creía que tenía un gran plan, pero no hay manera de plasmarlo en el papel.

—Tengo la solución —aseguró Supergirl sin dudarlo—. Barbara puede ayudarte.

CAPÍTULO 27

—**B**ienvenida al equipo —la saludó Wonder Woman mientras le estrechaba la mano.

—Auuuu —Barbara flexionó los dedos para comprobar que no los tenía rotos—. No sé qué le parecerá a mi padre que esté en el equipo. Siempre me dice que no haga cosas peligrosas. Esta semana me ha propuesto que sea florista.

—La semana pasada, Ivy volvió a volar el laboratorio de ciencias mientras llevaba a cabo un experimento con espinas asesinas —comentó Supergirl—. Muy seguro no es. Además, no se trata de nada oficial, sólo queremos utilizar tu cerebro para que nos ayudes a resolver este galimatías.

Wonder Woman señaló el lío de papeles desperdigados por todas partes. Barbara agarró un par de hojas y las estudió.

—Mmm... Ok. De acuerdo. Ya veo por dónde vas.

Sacó su B. A. T. computadora y empezó a teclear números.

Supergirl observaba por encima de su hombro.

—¡Vaya, tu computadora sirve para todo!

Barbara se echó a reír.

—¡Ojalá! Va a toda velocidad desde que le añadí megamemoria, más capacidad para realizar operaciones de cálculo dinámico fluido, hologramas y cosas por el estilo, pero no es una Caja Madre.

—Una ¿qué? —preguntó Wonder Woman.

—Una Caja Madre —repitió Barbara, introduciendo más datos—. Es una pequeña supercomputadora fabricada en Apokolips. Dicen que puede hacer prácticamente de todo, desde coordinar el teletransporte de los Boom Tubes hasta manipular energía —un brillo travieso iluminó su mirada—. ¡Voy a pedirle una a Santa Claus!

—¡¿Qué está pasando?! —exclamó Supergirl cuando una larga serie de números, letras y símbolos empezaron a formar un círculo en la pantalla de la computadora.

—¿Qué estamos viendo? —preguntó Wonder Woman, confundida—. Me estoy mareando.

—Un momento... —pidió Barbara, tecleando a toda velocidad—. He introducido algunos números usando tus coordenadas, dibujos y notas. Luego les he aplicado mi fórmula trigonométrica triplicada alfa beta delta y... *voilà!*

Supergirl y Wonder Woman parpadearon. No entendían nada. Babs se echó a reír.

—Me meto tanto en estas cosas que olvido que, para la mayoría de la gente, estoy hablando en otro idioma. Aquí, miren —volvió la pantalla hacia ellas—. He proyectado y diseccionado lo que intentabas escribir —Wonder Woman abrió los ojos como platos—. ¡Es tu plan! —le aseguró—. Sólo lo he reorganizado y he corregido alguna coordenada.

Supergirl sonrió satisfecha.

—¿Lo ves? ¡Super Hero High te necesita! Además, es más peligroso no involucrarse que ayudar.

—Me siento rara trabajando junto a todos ustedes —les confesó Babs, mientras enviaba el plan de Wonder Woman a la impresora.

—¿Por qué? —preguntó Supergirl—. Yo te conocí trabajando aquí...

—Cierto —contestó su amiga, asintiendo con la cabeza—, pero como refuerzo: arreglando computadoras, instalando el sistema de seguridad para Waller, ese tipo de cosas. Sin embargo, lo que acabas de pedirme es que le ayude a planear una estrategia y pelear a su lado... aunque en sentido figurado, claro. Esto es algo completamente distinto. Es decir, ustedes están entrenados para ser superhéroes...

—Todavía no —la corrigió Supergirl—. Recuerda que hace unos meses yo ni siquiera tenía poderes.

—Bueno, tal vez —admitió Barbara—, pero mírate ahora. Además, tienes pinta de superheroína. Yo tengo pinta de cerebrito.

La kryptoniana se fijó en su camiseta negra y corta, sus jeans y sus tenis. A ella le parecía que tenía muy buena pinta. De pronto, ¡tuvo una idea tan magnífica que incluso la sorprendió a ella misma!

—Negro —dijo Katana mientras dibujaba sin parar—. Negro, elegante, sencillo...

Supergirl se inclinó y echó un vistazo a la libreta.

—¡Perfecto! —exclamó cuando la superheroína asiática dejó el lápiz en la mesa con gesto triunfante.

—Vamos a saquear el armario de las telas de Crazy Quilt —propuso Katana, ya en la puerta—. Puedo coserlo en un santiamén.

—No sé si eso está bien —dijo Supergirl, vacilante.

Su amiga ahogó una risita.

—¡Mira, la que sigue las normas al dedillo! Ya te pareces a Hawkgirl. Pues claro que está bien —aseguró—. ¡Es por el bien de Super Hero High, por el bien del mundo y por el bien del universo!

—¡Ok! —Supergirl se animó—. Dicho así, no nos queda otro remedio.

Avanzaban con sigilo por los pasillos en dirección a la clase de Crazy Quilt cuando la kryptoniana creyó ver un pequeño monstruito que se escabullía dando saltitos por una esquina. «¿Otra vez Bigfoot? No. ¿Grodd?»

—Eh, ¿viste eso? —dijo.

—¿Qué? —preguntó Katana mientras abría las puertas de la clase sin hacer ruido.

—No importa —supuso que volvían a ser imaginaciones suyas.

—Esto es para ti —dijo la joven kryptoniana, prácticamente desbordada de una emoción que era incapaz de contener. Le tendió una caja blanca—. Lo ha hecho la propia Katana.

—¡Ábrelo! ¡Ábrelo! —le pidió Wonder Woman—. ¿Qué será? O igual es sólo la caja, porque eso también estaría bien. ¡Una caja para guardar cosas!

—Espero que te guste —añadió la superheroína asiática. Aunque solía mostrarse cortante, como si no necesitara a nadie, en esos momentos parecía un poco nerviosa.

Babs levantó la tapa de la caja.

—¡Vaya! ¿Es para mí? —exclamó, sacando el sencillo *maillot* de color negro.

—También lleva un cinturón para tus herramientas y unos guantes a juego —explicó Katana, loca de contenta por la enorme sonrisa de Barbara.

—¡Gracias! —dijo Babs, abrazándolas—. ¡Me encanta! Ah, pero ni una palabra a mi padre, ¿ok? Al menos por el momento. Empezará a preocuparse si se entera de que tengo un traje de superheroína. Ya saben lo que piensa sobre que haga cosas peligrosas.

Antes de que tuviera tiempo de probarse su nuevo traje, la alarma de seguridad empezó a aullar y la voz de Waller retumbó a través de los altavoces.

—¡¡¡Alerta!!! ¡Alerta de actividad en los Boom Tubes!

CAPÍTULO 28

Había varios súpers y profesores mirando la puerta con atención, sin saber muy bien qué buscaban.

—¡Todo el mundo atrás! —ordenó Waller—. Todavía no sabemos qué está ocurriendo. Nuestros sensores de identificación de movimiento han detectado actividad junto a la puerta que no concuerda con el ADN de nadie de Super Hero High.

Las luces parpadeantes proyectaban un resplandor rojizo sobre toda la zona.

Desobedeciendo las órdenes de la directora, Barbara se abrió paso hasta el frente. Waller iba a reprenderla, pero al final se hizo a un lado. La chica empezó a analizar el suelo utilizando su equipo, y cuando se agachó y dirigió una luz azul hacia la puerta, de pronto aparecieron unos surcos profundos.

—Necesito un cedazo magnético electromarginalizador y un conductor metálico para realizar una medición —dijo.

Nadie se movió.

—¿Y si usas palabras que entendamos? —le sugirió Supergirl con amabilidad.

—Bueno, sí. Metal y un conductor, ¡ya! —dijo Barbara, extendiendo la mano como un cirujano a la espera de que le pasaran el instrumental para operar.

En un abrir y cerrar de ojos, Wonder Woman le tendió sus brazaletes y Katana le entregó una de sus espadas. Cyborg se ofreció como conductor metálico. Barbara ensambló las armas, les acopló cables y dispositivos, y luego conectó el conjunto a la parte trasera de la cabeza de Cyborg.

—Eres el mejor conductor metálico que he visto nunca —lo felicitó Babs. El chico se sonrojó, pero se quedó muy quieto, consciente de la gravedad de la situación, mientras ella pasaba el artefacto que acababa de fabricar por delante de la puerta. Las flechas empezaron a volverse locas en la pantallita.

—¿Qué ocurre? —preguntó Waller.

Barbara estaba muy seria.

—Es evidente que no es la primera vez que han intentado entrar. Por el ángulo, la profundidad y la longitud de las marcas, el análisis demuestra que el metal, supuestamente impenetrable, ha sido sometido a una presión inmensa. ¡Miren, el factor de fatiga está fuera de control! —cuando levantó el monitor, todo el mundo asintió, a pesar de que no sabían de qué les hablaba—. ¡Ya, es increíble! —exclamó la joven, y añadió—: Me temo que algo o alguien está decidido a tirar esta puerta abajo.

Aunque intentaban disimular, la gente estaba nerviosa. Una cosa era estudiar los usos y costumbres de villanos y criminales, y otra muy diferente era enfrentarse a ellos de verdad; para muchos alumnos de Super Hero High ésa sería la primera vez que lo harían. ¿Quién intentaba entrar en los Boom Tubes con tanto ahínco y por qué? A Miss Martian no se le veía por ninguna parte, aunque siempre estaba presente. Beast Boy ya no contaba tantos chistes. Incluso las críticas maliciosas de Cheetah ya no llevaban tanto veneno.

La única que parecía la misma de siempre era Wonder Woman. Segura y valiente, se enfrentaba a la vida diaria sin perder la calma mientras consultaba con Barbara, sonriendo y saludando a todo el mundo.

Las noches eran el peor momento para Supergirl, y ahora, con una amenaza real tan cerca, era incapaz de pegar ojo. ¿Y si en lugar de ayudar a la causa, metía la pata y los ponía a todos en peligro? No sería la primera vez. Daba vueltas y más vueltas, hasta que, agotada, su cuerpo se rendía a un sueño agitado que acababa en una pesadilla inquietante o en un recuerdo doloroso...

—¡Sube, Kara! ¡Date prisa! —la apremió su madre.

Kara se agarró con fuerza al pasamanos de la escalerilla para no caerse y subió los peldaños hasta la entrada de la cabina de la nave.

—¡Mamá! ¡Papá! ¡Vamos! —gritó, haciéndoles señas con la mano.

Alura subió los escalones, llegó junto a su hija y le abrochó un collar de cristal detrás del cuello.

—Así siempre estaré contigo.

—¿A qué te refieres? —preguntó Kara, cerrando la mano sobre el cristal.

Su madre apretó un botón y la puerta se deslizó entre ellas. La joven empezó a aporrear la ventanilla desde adentro.

—¡No! ¡Mamá! ¡Papá! ¡Tienen que venir conmigo! ¡¡¡Por favor!!!

Supergirl se despertó jadeando. Era como si alguien le hubiera tirado un cubo de agua en la cara. Se incorporó sobresaltada y se sorprendió al ver que Barbara, Harley y Hawkgirl la rodeaban.

—¿Estás bien? —preguntó la hija del comisionado con el ceño fruncido por la preocupación.

—Toma, bébete esto —dijo Bumblebee, tendiéndole una taza de té caliente con miel y limón.

—Estabas llorando —añadió Hawkgirl.

Supergirl todavía tenía la mano cerrada alrededor del collar de cristal. Cuando lo soltó, dejó de brillar.

—¡Vamos! —las llamó Wonder Woman desde el pasillo—. Hoy va a ser un gran día. ¡Tal vez nos enfrentemos cara a cara con quien ha estado intentando entrar en los Boom Tubes! A ver, que todo el mundo desayune bien. Van a necesitar toda la energía que puedan reunir.

Supergirl apretó con fuerza la taza de té, los recuerdos de Krypton seguían afectándola. Y ahora aquello. Se preguntó si alguna vez acabaría acostumbrándose a enfrentarse a lo desconocido.

TERCERA PARTE

CAPÍTULO 29

En lugar de acompañar a sus amigas al comedor, Supergirl hizo lo que hacía siempre que necesitaba despejarse: dirigirse a la biblioteca.

—Parecía tan real —le confió a Granny Goodness después de contarle el sueño—. Y el dolor era inmenso. Aún lo siento.

—Mi querida, queridísima huérfana, mientras yo esté aquí, sigues teniendo una familia —dijo la bibliotecaria—. Lo sabes, ¿verdad?

Cuando la anciana volvió a preguntárselo, Supergirl asintió; no quería herir sus sentimientos.

—¡Ésa es mi chica! —exclamó Granny, sonriendo satisfecha.

La joven kryptoniana se perdió en sus pensamientos una vez más, por lo que no se dio cuenta de que la mujer tocaba el collar y éste se volvía negro un instante.

La anciana retiró la mano sin dejar de sonreír.

★

Supergirl esperaba en la línea de salida de la pista desierta de Prácticas de Vuelo. Apenas quedaba tiempo para aprender a dominar sus poderes y se sentía insegura. El tiempo pasaba. Miró a Barbara. No sabía qué pasaba por la cabeza de su amiga, sólo que estaba seria.

—¿Estás lista? —preguntó Babs, levantando el cronómetro. La kryptoniana asintió, con la vista al frente—. Muy bien. Tres... Dos... Uno... ¡¡¡Ya!!!

Supergirl despegó a toda velocidad y se dirigió directo hacia una serie de postes tambaleantes.

—¡Primer obstáculo! —gritó la hija del comisionado, amplificando la voz a través de la computadora de muñeca—. Golpea todos los postes.

Supergirl procedió a golpear el primer poste, que partió en dos. Horrorizada, vio que el trozo roto salía disparado y rebotaba por toda la pista.

—¡Lo siento! —chilló. Los nervios se habían apoderado de ella—. ¡Lo siento mucho! —se alegraba de que sólo estuviera Barbara y no uno de sus compañeros súpers.

Su amiga negó con la cabeza.

—Ya es hora de que dejes de disculparte —le ordenó—. Estás aquí para aprender y eso a veces significa cometer errores. ¡No ofrezcas disculpas por aprender!

Supergirl volvió a asentir, respiró hondo y se concentró en no salirse de la pista de vuelo.

—¡Segundo obstáculo: láseres! —oyó que gritaba su amiga.

Armándose de confianza, esquivó los láseres, que procedían de todas partes, hasta que uno le rozó la zapatilla y empezó a dar tumbos. Sus ojos lanzaron un destello rojizo que alcanzó el cañón láser y provocó una gran explosión.

Sin inmutarse, Barbara abrió un paraguas para protegerse de los escombros que le llovían encima. Había previsto que ocurriría.

—¡Ay! Lo sien... Es decir, ¡qué buena experiencia de aprendizaje! —exclamó Supergirl, siguiendo adelante.

—¡Tercer obstáculo: el Túnel de la Muerte! —gritó Barbara—. ¡Ya!

Atravesó el túnel lo más rápido que pudo mientras éste se agitaba y se sacudía por dentro. Apareció por el otro extremo, cubierta de una sustancia pringosa de color verde, y se dirigió a toda velocidad hacia la línea de meta. Aporreó el botón de fin de carrera y se sorprendió al ver que se hacía añicos. El alma se le cayó a los pies cuando miró el marcador electrónico: trece de cien.

—Supergirl —dijo Barbara, muy seria—. Es mejor hacer las cosas bien que hacerlas rápido.

—¡Soy un desastre!

—No, no lo eres —intentó animarla su amiga—. Estás aprendiendo. Nadie esperaba que te convirtieras en una superheroína increíble de la noche a la mañana. ¿Por qué crees que estás en Super Hero High? ¿Por qué crees que están aquí todos los demás? Porque están formándose, están aprendiendo a utilizar sus poderes y habilidades —empezó a alzar la voz—. Si yo tuviera la más mínima oportunidad de ir a un instituto tan asombroso como éste, te aseguro que... que...

—¿Que qué? —preguntó Supergirl.

Babs pareció avergonzarse de lo que había dicho y negó con la cabeza.

—Se te ha dado una gran oportunidad —dijo, cambiando de tema—. Tú decides qué hacer con ella, pero ¿puedo decirte algo como amiga?

Supergirl asintió sin tenerlas todas consigo. No estaba segura de que quisiera oír lo que iba a decirle. ¿Le diría que era un desastre? ¿Le echaría un sermón? ¿La convencería para que tirara la toalla? O peor aún, ¿iba a abandonarla?

Babs respiró hondo y la miró a los ojos.

—La autocompasión no te hace ningún bien —declaró—. Debes creer en la superheroína que llevas dentro.

—No sé... —empezó a decir la joven kryptoniana.

—¿Cómo vas a saberlo si no lo intentas? —protestó su amiga, frustrada—. ¡Tú puedes hacerlo! Vamos a ver, si no crees en la superheroína que llevas dentro, ¿cómo van a creer los demás en ti?

Supergirl nunca había visto a Babs tan seria. Le aliviaba saber que seguía creyendo en ella. Tocó el collar de cristal, cerró los ojos y dijo en voz baja:

—Creer en la superheroína que llevo dentro. Creer en la superheroína que llevo dentro...

Repitió ese mantra sin descanso, cada vez más alto, hasta que abrió los ojos de repente. De pronto lo veía todo claro.

—¡Vamos allá! —le dijo a Barbara—. ¡Creo en la superheroína que llevo dentro!

Y era cierto. Más o menos.

Supergirl se sintió fuerte y llena de energía el resto del día. Saludó a todo el mundo por los pasillos, contó chistes durante las comidas e hizo muchas preguntas en clase. A nadie se le escapó que estaban ante una Supergirl 2.0. Sin embargo, al llegar la noche, fue como si la batería se descargara y las dudas regresaron sin hacer ruido.

Mientras se tapaba con la colcha, pensó en que había hecho daño a su amiga Bumblebee. Sólo había sido un corte en la pierna, pero podría haberse tratado de algo más serio. Pensó en las conversaciones que había oído cuando sus compañeros hablaban de ella. Además, también estaban las malas calificaciones, tanto en clase como, lo que era aún peor, en los exámenes de fuerza y velocidad.

La oscuridad de la noche la engulló y la conocida tristeza empezó a apoderarse de ella. Intentó ahuyentarla recordando la cara que había puesto Barbara al ver su traje nuevo, o la cena de Acción de Gracias en casa de los Kent, o las galletas que Granny le hacía. Sin embargo, aquello era insuficiente para borrar los recuerdos de sus padres y lo mucho que deseaba que jamás hubiera necesitado ir a la Tierra.

Se abrazó a la almohada. ¿Qué quería?, se preguntó. Tal vez empezar desde cero en un lugar donde nadie supiera quién era... o había sido.

CAPÍTULO 30

—**E**xplícamelo otra vez, Babs... ¿Qué significa eso de que tu contrato ha terminado?

—Lo que ya te he dicho —contestó Barbara, intentando fingir indiferencia. Sin embargo, tenía la mirada triste—. Mi padre no quiere que trabaje aquí, sobre todo con lo que está pasando. Dice que ya hay un Gordon luchando contra el crimen y que el mundo no necesita otro más.

—Pero, no sé, eres... Eres... —Supergirl vaciló, sin decidirse a decirlo en voz alta.

Su amiga la miró, esperando.

Al final, lo soltó:

—¡Eres mi mejor amiga y te necesito! —exclamó, aunque se apresuró a añadir—: No pasa nada si yo no soy tu mejor amiga. Es decir, seguro que tienes un montón de amigos en Gotham High. Y como has vivido aquí toda tu vida, tendrás toneladas de amigos, pero yo no conozco a mucha gente tan bien como te conozco a ti y... y... —se le empezó a romper la voz.

Su amiga se echó a reír y Supergirl se sintió muy poca

cosa. Fue a darse la vuelta, avergonzada, cuando Babs la sujetó por el hombro.

—Eh. Tú también eres mi mejor amiga —dijo, tranquilizándola.

La sonrisa radiante de Supergirl iluminó el rostro de Barbara Gordon, su mejor amiga, hasta que recordó que se iba.

—Me voy a morir de tristeza cuando ya no estés aquí —dijo la kryptoniana.

—Podemos reunirnos. Podemos encontrarnos en el Capes & Cowls Cafe y ver cómo Steve y Wonder Woman se comportan como dos tontos cuando están juntos —ambas se echaron a reír, hasta que Babs se puso seria de nuevo—. Supergirl, tengo algo para ti —sacó un paquetito envuelto en papel amarillo y adornado con un lazo hecho con cable de cobre.

La joven superheroína sonrió cuando lo abrió.

—Es un brazalete de la amistad —le explicó Babs mientras Supergirl se lo ponía en la muñeca y se lo abrochaba—. Yo también tengo uno, ¿ves? Pero eso no es todo. También es un transmisor de voz bidireccional, un aparato de comunicación, ya sabes, una pulsera.com. Así da igual dónde estemos, ¡siempre podremos hablar!

—¿También funciona si estás en otro planeta? —preguntó Supergirl, admirando la fina banda metálica que se le ajustaba a la muñeca a la perfección.

—¿Por qué preguntas? ¿Tienes pensado hacer algún viaje? —bromeó Barbara.

Supergirl se sonrojó y negó con la cabeza. Lo que Babs no sabía era que había estado dándole muchas vueltas a lo de pedir el traslado a Korugar Academy, y ahora que ella ya no iba a estar en Super Hero High, la idea le pareció aún mejor.

Cuanto más nerviosa se ponía, menos controlaba sus poderes. Pasaba tranquilamente junto a secretaría cuando oyó jaleo en el interior. Los gritos eran cada vez más audibles, hasta que se dio cuenta de que estaba utilizando su superoído. Parpadeó y, de pronto, la visión de rayos X prácticamente la metió en el despacho de la directora.

—¡Por eso sospechamos que el subdirector Grodd ha estado intentando entrar en los Boom Tubes y traer su ejército de gorilas a Metropolis! —dijo Bumblebee enérgicamente. Junto a ella estaban The Flash y Hawkgirl, que asintieron con la cabeza.

Sobre la mesa de Waller había una bolsa de pruebas con una hoja de bambú, una copia del artículo que condenaba al subdirector Grodd y una foto de la maltrecha puerta de los Boom Tubes. También había algo más: un pañuelo rojo.

—¿Por qué esperaron hasta ahora para enseñarme todo esto? —quiso saber Waller.

—No estábamos cien por ciento seguros —contestó The Flash.

—Queríamos reunir más pruebas, pero se nos acabó el tiempo —añadió Hawkgirl—. Sin embargo, cuando vimos el pañuelo junto a la puerta... A ver, está bastante claro quién es el dueño.

—Sé que se trata de él —aseguró Bumblebee—. ¡Lo sé!

The Wall estaba muy seria. Tomó el teléfono y empezó a hablar. No había colgado cuando alguien pasó junto a Supergirl como un vendaval.

—¡Fuera de mi camino!

La joven retrocedió de un salto para dejar paso al subdirector Grodd, que entró como una tromba en el despacho de Waller y descargó sus puños gigantescos sobre la mesa, partiéndola en dos.

—Después de todo lo que he hecho, ¡me acusas de algo así! —bramó Gorilla Grodd. Tenía el rostro contraído por la rabia.

The Wall conservó la calma.

—Grodd, no puedo permitirme correr ningún riesgo. Eres inocente hasta que se demuestre lo contrario. Sin embargo, mientras el caso siga abierto, tengo que anular tu pase de seguridad. Lamento que las cosas hayan llegado a este punto.

—Muy bien, yo también lamento que las cosas hayan llegado a este punto... ¡Renuncio! —aulló, y lanzó su credencial de profesor de Super Hero High sobre la mesa. Derribó la puerta al salir, con lo que Supergirl dio otro respingo.

Grodd se detuvo y se le quedó mirando, clavando sus ojos enfurecidos en ella.

—¿Qué? ¿Tú también crees que soy culpable? —preguntó.

La joven kryptoniana se había quedado sin habla, pero él no esperó a que recuperara la voz. Supergirl se sintió muy extraña mientras veía cómo se alejaba por el pasillo, como si hubiera algo que no encajara. Tal vez era ella.

Más tarde, cuando se dirigió a los dormitorios, Harley acababa de entrevistar a Wonder Woman y de subir un «reportaje exclusivo superespectacular» a su canal.

—Prepárate —le avisó—. ¡Yo digo que el equipo de Wonder Woman y Supergirl salvarán el mundo!

La princesa amazona le sonrió.

—Nosotras podemos, ¿verdad? ¡Trabajo en equipo!

Supergirl asintió sin convicción. ¿Y si en lugar de ayudarla no era más que un estorbo para ella? ¿Y si en lugar de ayudar a salvar el mundo lo ponía en peligro?

Entrada la noche, Supergirl dobló la esquina que conducía a la puerta de los Boom Tubes. La sorprendió encontrarse a Cyborg roncando a pierna suelta y a Catwoman murmurando algo sobre «esconder el género» en sueños. A su alrededor había platos con galletas a medio terminar y tazas de chocolate caliente vacías. Supergirl pasó de puntitas junto a ellos.

Cuando llegó a la biblioteca, dejó los libros sobre el mostrador. Aunque la biblioteca estaba cerrada, Granny seguía trabajando. La joven admiró su entrega. Sus padres también eran muy trabajadores. En ese momento se percató de que una pequeña pila de hojas de bambú asomaba por el cajón abierto del escritorio de la bibliotecaria.

La anciana se apresuró a cerrarlo en cuanto vio que lo miraba.

—¡Me las encuentro por todas partes! —exclamó, y se comportó como si fuera lo más normal del mundo que una superheroína adolescente se presentara allí después de medianoche con unos cuantos libros en una mano y una maleta en la otra.

—No tengo nada que hacer en Super Hero High —le explicó a Granny mientras devolvía los libros, y le confesó—: Me voy a Korugar Academy. ¡Me subiré a la próxima nave que parta de la Tierra! ¡No hay nada que pueda hacer para detenerme!

Supergirl esperó a que la bibliotecaria intentara convencerla de lo contrario. En realidad, quería que la convenciera de lo contrario. Pero la anciana devolvió los libros a los estantes y asintió.

—Eso está muy bien, cielo —afirmó. Supergirl empezaba a pensar que no la había escuchado, cuando la mujer añadió—: ¿Para qué esperar? ¡Usa los Boom Tubes!

La joven ahogó un grito.

—No se puede —le recordó—. El paso a los Boom Tubes está restringido.

—No para ti —aseguró Granny, sonriendo con dulzura—. Tú puedes doblar el acero más resistente sólo con las manos. ¡Lo sé, te he visto hacerlo! Con tu fuerza, podrías abrir la puerta e ir a Korugar Academy, o donde quisieras. ¿Qué sentido tiene esperar el transporte público cuando tienes los Boom Tubes a tu alcance? —le guiñó un ojo.

Un gruñido grave y amenazador hizo que Supergirl retrocediera dando un respingo.

—¿Qué fue eso? —preguntó.

El gruñido se hizo más fuerte.

Granny se echó a reír, tranquila.

—Ay, cariño —dijo—, no hay nada que temer, sólo es Perry.

—¿Quién?

La mujer le dio unas palmaditas en la mano.

—Hay abuelitas que tienen perritos o periquitos. Yo tengo un parademonio de mascota. ¡Voy a presentártelo!

Sorprendida, Supergirl vio un monstruo de color verde, musculoso y con colmillos que salía de detrás de una estantería. Tenía el tamaño de un perro grande, con orejas puntiagudas, garras afiladas en las cuatro patas y unos ojos enormes que desprendían un brillo travieso y atolondrado. Había algo que le resultaba demasiado familiar en él para relajarse.

Cuando Granny rascó al monstruo detrás de las orejas, éste cerró los ojos y se apoyó en ella. La lengua le colgaba a un lado, y empezó a rascarse con una pata.

—Oooh, ¿no es una monada? —exclamó la mujer—. Perry es un amor de mascota —de pronto, pareció que se angustiaba por algo y añadió—: Está bien, yo no le diré a nadie que has entrado en los Boom Tubes si tú no le dices a nadie que yo me he saltado la regla que prohíbe tener mascotas.

—Pero si no voy a entrar en los Boom Tubes —protestó Supergirl—. ¡Son peligrosos!

Granny negó con la cabeza.

—Tonterías. Lo que pasa es que la gente es muy exagerada. No será la primera vez que los utilicen. Sólo se trata de otra de las estúpidas pruebas que Waller pone a los estudiantes.

Supergirl se quedó pensativa. Quizá tenía razón, dada la cantidad de pruebas que tenían que pasar.

—Quieres llegar a Korugar Academy cuanto antes, y los Boom Tubes son incluso antes que cuanto antes —aseguró la anciana—. ¡Vamos, sígueme! Ah, y ten —le tendió una bolsa de galletas.

Supergirl consiguió esbozar una débil sonrisa, confundida, cuando aceptó la bolsa. Las galletas de Granny hacían que todo fuera mejor. Eso nadie lo dudaba.

—No despiertes a tus amiguitos ni perturbes sus dulces sueños —dijo la mujer en voz baja mientras esquivaban a los alumnos dormidos.

CAPÍTULO 31

Cyborg y Catwoman seguían profundamente dormidos.

—Abres la puerta, entras, te metes en el tubo que conduce a Korugar y yo vuelvo a cerrar detrás de ti antes de que alguien se dé cuenta. ¿Qué puede pasar? —insistió Granny. Perry esperaba a su lado, babeando—. Mereces ser feliz, Supergirl. Aunque se trata de un buen instituto, es evidente que Super Hero High no es para ti.

La joven asintió. Era como si la anciana supiera que llevaba tiempo dándole vueltas a lo de Super Hero High. Y más vueltas. Y muchas más vueltas...

—Tantos exámenes horribles... —oyó que proseguía—. ¡La presión y las expectativas a las que se ven sometidos los alumnos aquí son muy altas! Adelante, Supergirl —la apremió, mientras Perry jadeaba, prácticamente arrastrando la lengua por el suelo—. Nadie puede obligarte a quedarte. Éste no es el lugar adecuado para alguien tan bueno y sensible como tú.

Supergirl pensó en lo ansiosos que parecían los Kent de que se fuera de la granja, en que había reprobado el examen de fuerza a la vista de todos, en su torpeza, en que había puesto en peligro a sus compañeros, en que había hecho daño a sus amigos, en...

—Ve... ve... —le susurró Granny, dándole un pequeño codazo y colocándole una galleta en la mano—. Ve, corazón. Aquí no saben valorar a alguien como tú.

—Pero se supone que debemos vigilar la puerta, no abrirla —le recordó Supergirl.

—Quita, quita —dijo la mujer, negando con la cabeza—. Waller los está poniendo a prueba, para que lo sepas. ¿De verdad crees que si existiera un peligro real le iba a pasar por la cabeza que ustedes, unos niños, son capaces de hacerse cargo de la situación?

«Tal vez no», pensó Supergirl.

—Vamos, cielo —insistió la anciana, invitándola a moverse—. Dale un mordisco a la galleta y ve al lugar al que perteneces.

La joven pensó en lo mal que la había tratado Cheetah, en su metida de pata en el Capes & Cowls y en las bromas pesadas que le habían jugado. Pensó en lo tonta que Harley había hecho que apareciera en *Los Quinntaesenciales de Harley*. ¡Parecía boba! En Korugar Academy podría empezar desde cero.

Los ojos dotados de rayos láser de Supergirl se volvieron de color rojo cuando agarró la manija y la movió con decisión para abrir la puerta. Forcejeó unos instantes antes de gritar «¡¡¡Ábrete!!!». A continuación, dio tal tirón que arrancó la puerta de sus bisagras y dejó el camino despejado hacia los Boom Tubes.

Una luz roja y brillante empezó a parpadear. «¡¡¡Fallo de seguridad!!! ¡¡¡Fallo de seguridad!!!»

Cyborg y Catwoman bostezaron, se dieron la vuelta y continuaron durmiendo. Granny sonrió burlonamente.

—¡Ay, ese chocolate caliente siempre funciona a las mil maravillas! —se inclinó hacia Perry y le rascó detrás de las orejas con afecto—. ¿Lo ves, monstruito tontorrón? ¡Así es como se hace! ¡Para qué tantos golpes y zarpazos! Anda, encárgate de esa alarma chillona, que me está dando dolor de cabeza.

Supergirl miró confundida cómo Perry destrozaba el panel de seguridad de un cabezazo. Lo arrancó de la pared con sus dientes afilados y empezó a comérselo, con los cables colgando y todo. Cuando la alarma se apagó con un débil gimoteo, Granny condujo a Supergirl al interior de la sala, tiró de una palanca que había junto a uno de los Boom Tubes y le dijo:

—Tú espera aquí, cielo.

Algo iba mal. Terrible, espantosa e indiscutiblemente mal. Pero lo de Korugar era una buena idea, ¿no? Además, Waller sólo estaba poniendo a prueba a los alumnos con lo de la amenaza de los Boom Tubes, ¿no? Todo parecía borroso y confuso, y a Supergirl le costaba pensar con claridad. Granny le puso más galletas en la mano.

—¡Come! —le ordenó.

La joven se quedó mirando las galletas hasta que, incapaz de contenerse, echó un vistazo a los distintos portales. Sonrió al ver varias familias de vacaciones en Thanagar. Los surfistas de arena de Rann disfrutaban como si no tuvieran otra preocupación en el mundo. Y los jugadores de bingo de Florida se robaban papas fritas unos a otros.

A continuación miró a través del portal de Apokolips. En medio de un paisaje desolado y abrasador, una guerrera alta y adolescente golpeaba una roca gigante con su vara Mega Rod. La roca salió volando y se perdió en el horizonte.

Supergirl estaba como hipnotizada cuando la guerrera se volvió hacia sus compañeras y rugió:

—¡Atención, Furias! ¡Speed Queen, Stompa, Artemiz, Mad Harriet, formen parejas y empiecen a entrenar!

—Sí, Big Barda —contestaron las guerreras adolescentes al unísono.

De pronto, sin más, los Boom Tubes se sacudieron. ¡¡¡BUUUUM!!! Un portal, idéntico al de la cámara de los Boom Tubes de Super Hero High, apareció cerca de Big Barda, que miró a Supergirl a los ojos y sonrió de manera burlona.

Las Furias cesaron el entrenamiento y Barda, una adolescente alta y fuerte, que lucía un casco de color dorado y azul oscuro, levantó su arma en señal de victoria mientras anunciaba por encima de sus gritos de alegría:

—¡Al fin! ¡Furias, preparadas! ¡Porque hoy conquistaremos la Tierra!

CAPÍTULO 32

Sorprendida, Supergirl dejó caer las galletas y se alejó del portal, retrocediendo con paso tambaleante. Unas luces cegadoras estallaron en los Boom Tubes y fue golpeada por los restos de la explosión que salieron despedidos. Poco después de que las luces se extinguieran, una nueva explosión, cien veces mayor que la anterior, agrandó el portal mucho más y derribó las paredes. Cuando el humo se disipó, una hilera de feroces Furias esperaba en formación.

—¡Granny, cuidado! —gritó.

La bibliotecaria estaba armada y lista para enfrentarse a ellas. Aunque..., ¡un momento!

La joven kryptoniana se frotó los ojos sin dar crédito a lo que veía. Ante ella, Granny Goodness enderezó la espalda, echando los hombros hacia atrás, mientras su mirada bondadosa se volvía gélida al tiempo que entrecerraba los ojos y su voz cálida se transformaba en un graznido.

—Supergirl, ¡te presento a mis cinco Furias!

La bibliotecaria se volvió hacia la imponente guerrera

de aspecto feroz cuyas botas amarillas combinaban con el amarillo de su armadura.

—Big Barda —dijo, señalando a la superheroína—. Kryptonízala.

Mientras Speed Queen se sostenía sobre sus patines y observaba, una sonrisa lenta y siniestra se dibujó en el rostro de Barda. La líder de las Furias se abrió paso hasta el frente y sacó una Mega Rod con incrustaciones de kryptonita que lanzaba destellos verdes. Supergirl se quedó paralizada. Big Barda levantó la vara como si fuese un bate de beisbol y...

¡¡¡PAM!!!

Golpeó el escudo que Supergirl llevaba en el pecho. La superheroína cayó al suelo. Sus poderes la abandonaban. Estaba tan débil que ni siquiera era capaz de mover los brazos. Big Barda se echó a reír y alzó la Mega Rod sobre su cabeza para acabar con la joven kryptoniana... pero vaciló un instante y miró a Granny en busca de su aprobación.

—Déjala —ordenó la mujer—. Será una soldado excelente para nuestro ejército. ¡Es tan ingenua y tiene tantas ganas de gustar a todo el mundo!

Con aire despreocupado, Big Barda dejó caer la vara junto a Supergirl, aunque fuera de su alcance. La joven intentó ponerse de pie y alejarse de la Mega Rod, pero la kryptonita era demasiado poderosa. Incapaz de hacer nada, volvió a desmoronarse, derrotada.

Con energías renovadas, Granny ordenó a las Furias que se formaran, lo que, como buenas soldados que eran, hicieron con asombrosa precisión.

—¡Furias, inicien la fase dos! —gritó la mujer con voz potente. Estaba claro que no era la primera vez que hacía aquello—. ¡Al ataque!

Las Furias, dirigidas por la poderosa Big Barda, desfilaron hacia la salida de la cámara de los Boom Tubes.

Granny sonrió satisfecha.

—¿Perry? ¡Perry! ¡Perry, ven aquí y haz tu trabajo!

El monstruo atrapó entre los dientes un baúl de madera pulida que le tendió Artemiz, la arquera, cuyo arco y flechas estaban diseñados para acertar siempre en el blanco. Mad Harriet se echó hacia atrás su voluminosa melena verde y lanzó una carcajada. A continuación, como un escudero que atiende a su reina, Perry ayudó a Granny a ponerse su armadura, y ante los ojos de Supergirl se completó la transformación: la excéntrica anciana se convirtió en la poderosa líder de un ejército malvado.

—¡Date prisa! —lo apremió la mujer—. Mis Furias no podrán mantener a los demás alejados del instituto demasiado tiempo. Debemos preparar la trampa antes de que vuelvan esas insoportables hermanitas de la caridad.

Granny se miró reflejada en uno de los portales mientras Perry acababa de ajustarle las protecciones de los hombros.

—La moda apokoliptiana favorece bastante —comentó con coquetería—. Hace resaltar mis ojos —le echó un vistazo a Supergirl, que seguía tendida, incapaz de reaccionar—. Los jovenzuelos se burlan de la gente mayor —añadió con amargura—. La gente no ve más allá de la edad. Sin embargo, ¡yo soy el ejemplo perfecto de lo que la paciencia, la inteligencia y una buena dosis de maldad pueden conseguir!

En ese preciso instante, Stompa dio un taconazo con sus botas de color limón e hizo una reverencia ante Granny al tiempo que le hacía entrega de un pequeño cubo. Fabricado con tecnología alienígena, las luces y los altavoces de aquel artilugio parpadeaban y emitían pitidos. La mujer retrocedió al instante.

—Oh, mi Caja Madre —dijo con voz afectuosa, y la acunó como si fuera un bebé—. ¡Cuánto te he echado de menos!

¡¡¡PING!!! ¡¡¡PING!!! ¡¡¡PING!!!

—¿Una Caja Madre? —Supergirl recordaba haber oído hablar a Barbara sobre aquella supercomputadora diminuta con aplicaciones infinitas... Entre ellas, la de hacer funcionar los Boom Tubes—. ¿Una Caja Madre? Barbara. Furias. Portal. Fuerzas del mal. Granny... —murmuró.

Tanto el dispositivo como los ojos de la anciana desprendieron un resplandor amarillento. La superheroína ahogó un grito, horrorizada, mientras encajaba las piezas del rompecabezas y asimilaba la realidad.

¿Granny? ¿Granny Goodness? ¿Cómo había conseguido engañar a alumnos, profesores, a Waller... y a ella? Debilitada por la kryptonita, no tenía fuerzas para luchar y mucho menos para poner a nadie sobre aviso. Empezó a perder el conocimiento cuando comprendió con sorprendente claridad hasta qué punto era grave el engaño de Granny. Habían activado los Boom Tubes y sus Furias habían llegado dispuestas a invadir la Tierra. El mundo estaba en peligro y Supergirl no podía hacer nada para evitarlo.

De pronto la envolvió la oscuridad.

CAPÍTULO 33

¿Dónde estaba?

¿Qué había ocurrido?

¿Cuánto tiempo había pasado?

Supergirl seguía tendida en el suelo e intentó abrir los ojos. Oyó que alguien gritaba.

¿Barbara?

Cuánta confusión.

—¿Barbara? ¿Babs, estás aquí? ¡No... no... no te veo!

—Supergirl —contestó su amiga. Esta vez la oyó con mayor claridad—. Estoy hablando contigo a través de las pulseras.com. He visto que pasaba algo en Super Hero High y he estado intentando ponerme en contacto contigo. ¿Qué está ocurriendo? ¿Estás bien?

—Ay, Babs —reunió todas sus fuerzas para continuar hablando—. Lo he arruinado todo... —se le fue apagando la voz hasta convertirse en un susurro.

—Quédate donde estés —le ordenó su amiga—. No desperdicies tus fuerzas. No hables. Te tengo localizada. Llegaré enseguida.

Supergirl intentó reír, pero no lo consiguió. Quería

decirle que no iba a ir a ninguna parte, pero se desmayó antes de poder pronunciar una palabra.

Kara estaba en su habitación de Krypton, haciendo una tarjeta de felicitación de cumpleaños para su madre. Estaba feliz. Su madre le decía algo.

—No tienes buen aspecto, pero saldrás de ésta.

—¿Mamá?

—No, soy yo, Barbara. Tu mejor amiga, ¿recuerdas?

—¿Dónde está mi madre? —preguntó Supergirl. ¿Por qué le dolía tanto la cabeza?

Babs se arrodilló junto a ella. Fue incapaz de ocultar su preocupación.

—Estás a salvo —le aseguró—, pero muy débil. No te fuerces.

Recogió la vara de kryptonita que Big Barda había utilizado contra Supergirl y la arrojó a través del portal del Boom Tube de Florida. Una jubilada de pelo azul levantó la vista cuando la vara aterrizó sobre su tarjeta de bingo. Echó un vistazo a un lado, luego al otro y finalmente se la metió en el bolso con disimulo y gritó: «¡¡¡Bingo!!!».

La hija del comisionado se pasó el brazo de Supergirl por encima del hombro e intentó sacarla de la cámara de los Boom Tubes.

—Una vez me llevaste a dar una vuelta —dijo—. Ahora me toca devolverte el favor. Vamos. ¿Qué hacías aquí?

Supergirl intentó recordarlo. Poco a poco, la triste realidad salió a la luz.

—Quería... Quería ir a Korugar Academy —admitió. Se

sonrojó de vergüenza—. Déjame y avisa a los demás —le pidió—. Lo he estropeado todo y están invadiendo la Tierra por mi culpa. ¿Alguien ha alertado a los superhéroes?

—No sólo hay problemas aquí ni tú eres responsable de todo lo que ocurre —dijo Babs—. Massacre, ese malvado alienígena, ha invadido Suiza y está decidido a apoderarse del país. Es el peor villano que existe, utiliza su velocidad y su fuerza para hacer daño y destruir sólo por placer. Los suizos no tienen ejército, así que los súpers adultos han acudido en su rescate. Aquello es un campo de batalla, y eso significa que tendremos que enfrentarnos a Granny y a las Furias nosotros solos.

—¡Suéltame! —insistió Supergirl—. ¡Ponte a salvo! Yo no soy importante, no hago más que estropearlo todo. Éste no es mi hogar. ¡Nunca lo ha sido!

—Escúchame —dijo Barbara, intentando conservar la calma—. Eres mi mejor amiga y te necesito. El mundo te necesita. Han sitiado Metropolis y se está librando una gran batalla. Hay vidas en juego. ¡¿Entiendes lo que está sucediendo ahí afuera?!

La joven se detuvo delante de un portal y soltó a su amiga. Respiró hondo.

—Si de verdad quieres irte, vete. Mira. Ahí está Korugar Academy. ¿Es eso lo que quieres?

Supergirl contempló a los alumnos de Korugar comiendo *cupcakes* glaseados y viendo películas. Parecían muy felices. ¿Por qué no iban a serlo? Korugar Academy no estaba siendo invadida por unas Furias energúmenas decididas a acabar con ellos. Pensó en la trampa de Granny Goodness, en cómo Big Barda la había dejado fuera de combate y en lo impacientes que parecían las

Furias por luchar para conquistar la Tierra y el odio que desprendían.

—¿Y bien? —insistió Barbara—. ¿Todavía quieres irte? Porque si es así, no voy a impedírtelo.

Supergirl no contestó.

CAPÍTULO 34

—**B**abs —dijo Supergirl en un susurro—. Por favor, ayúdame a acercarme al portal de Korugar Academy.

Su amiga torció el gesto, como si le hubieran propinado un puñetazo en el estómago.

—Si eso es lo que quieres de verdad —contestó impasible.

La superheroína pasó un brazo por encima de sus hombros y se acercó renqueando hasta el portal. Se le quedó mirando largo rato, imaginándose allí. A continuación, lo cerró y aseguró el pestillo.

Barbara sonrió, intentando contener las lágrimas de alivio.

—Ésa es la Supergirl que conozco y a la que quiero —dijo abrazando a su mejor amiga.

—Ok, explícame qué está pasando —le pidió, sentándose. Todavía no las tenía todas consigo—. Cuéntame todo lo que sepas.

La sonrisa de Barbara desapareció.

—Wonder Woman y Big Barda están en plena batalla campal en el centro de la ciudad. Mira.

Sacó su B. A. T. computadora y, tras introducir una serie de códigos, ingresó a las cámaras de seguridad que había distribuidas por las calles.

Supergirl abrió los ojos como platos. En la pantalla, Barda intentaba golpear a Wondy con su Mega Rod, pero la princesa amazona la esquivaba con pericia. En un momento dado, su amiga lanzó el Lazo de la Verdad a la líder de las Furias, pero ésta realizó un salto mortal hacia atrás y pudo escapar de la cuerda.

—Es tu primer delito terrestre —le avisó la superheroína de Paradise Island—. Entrégate ahora, Barda, y el castigo no será tan severo. No sólo luchas contra mí, sino contra Super Hero High... ¡y contra los superhéroes del mundo entero!

Justo en ese momento, Miss Martian se materializó junto a su compañera. Habló en voz tan baja que Supergirl tuvo que recurrir a su superoído.

—¿Qué hacemos? —decía la superheroína alienígena—. ¡Estamos solos para hacer frente a las Furias! ¡Parece que hay problemas en Suiza y todos los superhéroes adultos están allí!

Big Barda lanzó una larga risotada.

—¡Vaya refuerzos! —gritó. Se disponía a atacar a Wonder Woman cuando la B. A. T. pantalla se volvió borrosa y se apagó. Frenética, Barbara le dio varios golpecitos. Cuando la imagen regresó, pertenecía a otra cámara de seguridad, esta vez cerca del Centennial Park. Supergirl se quedó de piedra al ver al villano reptiliano Killer Croc aprovechando la distracción de las Furias para destruir todo a su paso. Ese día se celebraba una carrera de cinco kilómetros, y los corredores estaban batiendo sus mejores marcas personales tratando de huir de las malvadas garras de reptil.

Killer Croc estaba a punto de abalanzarse sobre uno de

ellos cuando Cheetah se interpuso entre ambos y el supervillano la atrapó a ella en su lugar. En ese momento, Katana salió de detrás de un árbol y le lanzó una espada, que atravesó el aire y rebotó en la dura piel escamosa de Killer Croc. Aquello le ofreció a Cheetah el tiempo justo para liberarse y distraerlo mientras Hawkgirl ocupaba su posición en el aire. La superheroína alada se lanzó en picada, con precisión, y tomó desprevenido a Croc. A continuación, lo levantó del suelo y salieron volando de la pantalla.

—Lo he dejado en la azotea del edificio más alto de Metropolis —le comentó Hawkgirl a Katana a su vuelta—. Allí arriba no puede hacer daño a nadie.

La B. A. T. pantalla de Barbara se volvió borrosa una vez más. Cuando regresó la imagen, enfocaba a Big Barda. Ella también se encontraba en la cornisa de otro rascacielos, de donde sólo podía escapar en una dirección: hacia abajo.

—¡Ríndete! —gritó Wonder Woman mientras la sobrevolaba en círculos.

—¡Nunca! —respondió Barda, y, sin dejar de sonreír, saltó de la cornisa del edificio y, en plena caída, sacó un par de aerodiscos que le permitieron volar.

La B. A. T. computadora empezó a mostrar escenas de toda Metropolis, cada vez más rápido. Supergirl y Barbara no podían creer el caos que se había apoderado de la ciudad. En la calle, por los tejados... Súpers y Furias luchaban en todas partes. Katana utilizó su espectacular patada giratoria para derribar a Speed Queen. Beast Boy se transformó en diversas criaturas, grandes y pequeñas, a la velocidad del rayo para confundir a Stompa. Y Harley lo estaba grabando todo, aunque se quedó de piedra cuando se topó con una Furia que hacía exactamente lo mismo.

—¡Eh! ¿Qué tipo de cámara usas? —preguntó Harley.

Cuando Mad Harriet fue a mirarlo, la reportera de Super Hero High la empujó hacia Poison Ivy, quien la envolvió en un sarmiento flexible y resistente, lo que inmovilizó la cámara y a la Furia.

—¡Furias! ¡Retirada! —gritó Barda, al comprobar que los súpers sabían lo que hacían.

A su señal, el ejército invasor dejó de luchar y salió corriendo. Granny era la primera al mando, pero parecía que Big Barda era la segunda.

—¡El objetivo de las Furias no son los ciudadanos de Metropolis! —gritó Wonder Woman a Poison Ivy—. ¡Son los súpers! ¡Démosles lo que buscan!

Justo en ese momento la B. A. T. pantalla se quedó en negro. Barbara le dio unos golpecitos, pero no pasó nada, así que la golpeó más fuerte con la palma de la mano.

—¡Aaargh! —gruñó—. ¡Vaya momento para que se le acabe la batería!

—¡¿Qué crees que está pasando?! —gritó Supergirl, sin saber por qué gritaba. Aún le dolía la cabeza y gran parte del cuerpo. Aun así, se dio cuenta de que deseaba estar con el resto de sus compañeros.

—Si mi teoría es correcta, ¡Wonder Woman planea alejar a las Furias de Metropolis y dirigirlas a Super Hero High! —contestó Barbara.

Supergirl asintió. Tenía lógica. Wondy intentaba salvar a los ciudadanos de Metropolis y al mundo y sabía que los súpers estarían en ventaja si la batalla épica tenía lugar en Super Hero High.

—Espera, ¿qué estás haciendo? —preguntó Babs.

—Levantándome. No puedo luchar contra el mal aquí sentada, ¿no?

CAPÍTULO 35

Supergirl sintió que recuperaba las fuerzas, gracias en parte al ánimo constante de Barbara.

—Recuerda, no te precipites —le recomendó su amiga, mientras avanzaban por el pasillo desierto, sumido en un silencio espeluznante—. Si intentas hacer demasiadas cosas y a toda prisa, acabarás perjudicando a los demás y a ti. Despacio y con calma, Supergirl. Despacio y con calma —se detuvo y la miró a los ojos—. Sólo un consejo más —dijo. La superheroína asintió—. Nudos dobles.

—¿Qué?

—Las zapatillas. Amárrate las agujetas con nudos dobles para no pisártelas y tropezar.

—Despacio y con calma. Nudos dobles. Despacio y con calma —repitió Supergirl. Vio por la ventana que alguien o algo trepaba por la torre en dirección a la Amatista. Entrecerró los ojos, pero no consiguió distinguir de qué se trataba. Se concentró, enfocó la vista y se centró en la silueta, que poco a poco empezó a definirse.

—¡Barbara! —chilló—. ¡Es Granny Goodness!

—Bien, veo que tus cuerdas vocales están en plena

forma —contestó su amiga, frotándose la oreja—. Avisaré a los demás súpers. Quédate aquí. ¡Todavía no estás recuperada del todo!

Supergirl vio cómo se alejaba corriendo por el pasillo. Quería salir, detener a Granny, pero tenía que esperar a recuperar todos sus poderes... si es que eso llegaba a ocurrir.

La animó comprobar que la supervisión mejoraba por momentos. Vio a Perry y a la líder de las Furias con total claridad e incluso consiguió distinguir que el monstruo llevaba un artefacto de tecnología apokoliptiana: ¡la Caja Madre!

Cerró los ojos y se esforzó por oír lo que decían. Al principio, todo era confuso. Intentó dejar la mente en blanco. «Despacio y con calma», oyó que le decía Barbara. Hasta que captó una voz distinta.

—¡Deprisa, monstruito! —gruñó Granny mientras trepaba—. Pero ni se te ocurra soltar lo que llevas. ¡Es la clave para controlar a esa pesadilla de superhéroes adolescentes y reclamar Super Hero High para nosotros!

Supergirl abrió rápidamente los ojos, justo a tiempo de ver que colocaban el dispositivo en lo alto de la torre. Al instante, la Amatista empezó a emitir una luz extraña, pálida y amarillenta. Fue incapaz de apartar la mirada.

El resplandor comenzó a extenderse lentamente mientras Granny levantaba los brazos en un gesto triunfal y gritaba:

—¡Fuerzas de Apokolips! ¡Poder de la Amatista de Gemworld! ¡Vengan a mí, sólo a mí!

Con el destello de un relámpago, la Amatista proyectó su resplandor sobre Granny Goodness, cuyo cuerpo empezó a emitir una luz brillante y amarilla. Supergirl se

encogió cuando la malvada villana lanzó una carcajada complacida.

Se oyó un crujido y, a continuación, una voz retumbó por los altavoces del instituto.

—¿Funciona? ¿Me oyen? ¿Me oyen ahora? —Supergirl oyó reír a la mujer, que susurró a continuación, con regocijo—: ¡Felicidades, alumnos! ¡Están siendo sometidos al viejo lavado de cerebro de Granny!

—¡Supergirl! —Barbara llegó corriendo junto a ella, sin aliento—. Lo de ahí afuera es horrible. Las Furias y Big Barda están luchando contra los súpers. Hay heridos en ambos bandos. La sala de urgencias de Super Hero High está desbordada. Y ahora Granny se ha hecho con la Amatista y la utilizará para controlar mentalmente a todo el instituto.

»¡Y en el peor momento, porque Wonder Woman y los súpers se dirigen hacia aquí para intentar alejar a las Furias de Metropolis!

Supergirl no sabía qué hacer. Aquello era peor de lo que hubiera creído posible.

—Mi minicomputadora se ha quedado sin batería —gruñó Barbara— y no puedo calcular lo que falta para que lleguen los súpers.

—¡La biblioteca! —exclamó la superheroína—. Hay computadoras en la biblioteca.

Se sentía más fuerte a cada paso que daban, y cuando llegaron a la biblioteca, ya podía caminar sin ayuda. Barbara se acercó corriendo a la computadora de recepción. Decodificó la contraseña y empezó a teclear con frenesí.

En cuestión de segundos, había entrado en los números secretos del sistema Dewey de clasificación decimal que sólo conocían los bibliotecarios y con el que consiguió conectarse a las cámaras de seguridad de Super Hero High.

Supergirl negó con la cabeza, incrédula. La mayoría de los súpers ya habían regresado al instituto. La pesadilla se hizo realidad cuando la pantalla empezó a mostrar imágenes de todo el campus. Por todas partes, los alumnos caían hipnotizados por Granny mientras ésta hablaba por los altavoces.

—¡Queridos míos, como parte de mi ejército, allanarán el terreno para nuestro líder supremo, Darkseid de Apokolips, que conquistará la Tierra!

Cada vez que las imágenes de la pantalla de la computadora pasaban de una cámara de seguridad a otra se oía un clic. Supergirl ahogó un grito cuando vio que un rayo de luz bañaba a Harley.

—No lo mires —le advirtió, a pesar de que sabía que su amiga no podía oírla—. ¡No lo mires, Harley! ¡No lo mires!

La reportera levantó la vista hacia la luz y entró en trance al instante. Sus ojos emitieron un resplandor amarillo. Supergirl vio que Bumblebee retrocedía con paso tambaleante para escapar de la luz, pero no consiguió alejarse lo bastante rápido. En una escena tras otra, el resplandor amarillo avanzaba sobre Super Hero High como un maremoto. Nadie conseguía librarse de él.

—Estaremos a salvo en el anexo de informática —dijo Barbara, y abandonaron la biblioteca a la carrera, donde había empezado a colarse la luz amarilla—. Me aseguré de que las paredes estuvieran supermegahiperreforzadas. Si conseguimos llegar hasta allí, tal vez pueda desactivar la luz hipnótica de Granny.

Supergirl estaba anímica y mentalmente preparada para el combate, pero su cuerpo no. Empezó a pensar en la explosión de su planeta y en la muerte de sus padres. Pensó en los Kent, que la habían acogido, y en la traición de Granny Goodness, y se le escapó un débil sollozo.

—Piensa que nos ha engañado a todos —dijo Barbara, como si le hubiera leído la mente—, no sólo a ti. No te culpes.

Supergirl intentó metérselo en la cabeza. Era cierto. Granny se había burlado de todo el mundo, empezando por la directora Waller, que la había contratado. Sin embargo, ahora que había mostrado su verdadera cara, había que actuar.

Cuantas más vueltas le daba, más se enfurecía. Notando que recuperaba completamente las fuerzas, puso los brazos en jarras y anunció:

—¡Hay que detener a Granny Goodness y salvar el mundo!

Barbara asintió y se echó a reír.

—Pues sí —dijo—. Ése es el objetivo.

La hija del comisionado Gordon se puso a trabajar en cuanto llegaron al anexo de informática.

—¿En qué puedo ayudar? —preguntó Supergirl.

—He calculado la frecuencia del aparato de Granny y he creado un deshipnotizador. Sólo hay un problema —dijo Babs.

Supergirl vio en el imponente muro de pantallas de

computadora de Barbara que cada vez caían más amigos bajo el control de Granny. Las Furias los rodeaban con sonrisa maliciosa.

—Necesito una roca ígnea solidificada a partir de lava fundida para contrarrestar el poder y el alcance de la Amatista —dijo Barbara.

—¿Que necesitas qué?

—Necesito un cristal. Uno que pueda servir de conductor. Pero ¿dónde lo encuentro?

Sin pensarlo dos veces, Supergirl se arrancó el collar de cristal.

—¿Esto te serviría? —preguntó, tendiéndoselo.

Su amiga la miró, sorprendida.

—¿No te lo había dado tu madre?

Supergirl asintió.

—Tómalo —insistió, colocando el collar de cristal en su mano, y añadió enderezando la espalda—: El mundo lo necesita más que yo.

Barbara sonrió e insertó el cristal en el artefacto.

—¡¡¡BAM!!! ¡Deshipnotizador en marcha! —anunció la joven genio. A continuación, le puso un par de pendientes de pinza a Supergirl—. Te protegerán del efecto hipnótico de Granny. Para liberar a un súper del trance, sólo tienes que apuntarlo con ellos y apretar el botón —le tendió el aparato y añadió—: Tú puedes volar y llegar a sitios y a personas a las que yo no puedo llegar. Cuento contigo. Todos contamos contigo.

CAPÍTULO 36

−¿Qué ha sido eso? −preguntó Supergirl, dando un respingo.

−Yo no escuché nada −respondió Barbara. Se quitó los lentes y se frotó los ojos. Había sido un día muy largo y no parecía tener fin.

La joven kryptoniana ladeó la cabeza para prestar atención.

−Es Granny. ¡Se dirigen hacia aquí!

−Podemos cerrar las puertas del anexo de informática por dentro −dijo Babs, disponiéndose a reprogramar el código de seguridad al instante.

−Barda es fuerte. Igual que las demás Furias −advirtió Supergirl−. Quieren entrar aquí para anular los sistemas de seguridad que has instalado.

Su amiga negó con la cabeza.

−Toda esta tecnología no sirve de nada si no sabes qué hacer con ella... Y como casi todo el equipo lo he montado yo, soy la única que sabe cómo funciona. Vamos, podemos salir por aquí.

Se arrastraron a través de los gigantescos conductos

de ventilación del instituto, desde los que pudieron espiar a Granny avanzando con paso triunfal por el pasillo junto a Perry, que trotaba a su lado. Las Furias los seguían en formación, todas menos una, que se salió de la fila.

Big Barda se detuvo para contemplar una vitrina en la que había expuestos dibujos y trabajos de los alumnos. Alzó la Mega Rod, dispuesta a hacerla añicos, pero se detuvo en el último momento. La bajó poco a poco y estudió el cerezo en flor que Katana había pintado, las flores de Tamaran sombreadas con delicadeza de Starfire y el Cupido rodeado de corazones de diamantes de Star Sapphire.

Granny tronó los dedos delante de la cara de la adolescente.

—Apokolips llamando a Barda. ¿Esos manchones de pintura son más interesantes que yo?

—No, es sólo que... —contestó la joven con voz quejumbrosa—. ¿Los súpers que vienen a este instituto... aprenden a hacer estas cosas tan bonitas en clase?

Granny se echó a reír como si acabara de oír el chiste más gracioso del universo.

—Ay, tontita, ¿quién necesita el arte cuando puedes tener poder? ¡Vamos! Hay mucho que hacer si queremos dominar el mundo.

Tras una última mirada nostálgica a la vitrina, Barda dejó escapar un suspiro y se apresuró a dar alcance al resto de sus compañeras.

Mientras Granny y sus cinco fieras Furias marchaban sobre el instituto, Barbara localizó su posición mediante la computadora que llevaba incorporada en el reloj y Supergirl les siguió la pista con su superoído, aprovechando, mientras lo hacía, para sacar del trance a varios súpers que se arrastraban detrás de ellas. Aun así, todavía quedaban muchos más.

—Tardaremos demasiado si los despertamos de uno en uno —le susurró Barbara, presa del pánico—. Tu cristal funciona de maravilla, pero ojalá tuviéramos algo más potente.

—¡Espera! —exclamó Supergirl—. ¿Y qué me dices de la Amatista?

La joven genio lo pensó y luego asintió.

—¡Sí! Si Granny puede utilizarla para aumentar sus poderes, yo también. ¡Sólo tendría que conectarle el deshipnotizador! Aunque tendría que llegar allí sin que ella y las Furias se enteraran.

Supergirl levantó una mano.

—Yo las distraeré —dijo, agachándose para atarse las agujetas con un nudo doble y volviéndolas a atar una vez más por si acaso.

—¿Y si todavía no estás lista? —repuso Barbara—. No sabemos si ya recuperaste todos tus poderes...

Supergirl desapareció sin darle tiempo a acabar la frase.

Con la concentración de un láser, se dirigió como una flecha hacia las Furias, cosa que enfureció a Granny y sobresaltó a Big Barda. Habían salido al patio, donde estaban reuniendo a los súpers, que se alineaban en hileras perfectas, mirando al frente con expresión vacía. Nunca había visto a Beast Boy tan quieto, o a Harley tan callada... Y también había profesores. Crazy Quilt, Liberty Belle y el señor Fox, entre otros.

Sobrevoló la explanada, descendiendo a cada vuelta.

—¡¿Tienen algo que hacer?! —les preguntó, con intención de provocar a Granny y a su ejército—. ¡Porque me aburro!

Granny entrecerró los ojos, mirándola con dureza.

—¡Poder de Apokolips! —gritó, alzando los brazos en el aire—. ¡Somete a ese incordio de niña!

El resplandor amarillo bañó a Supergirl, que ahogó un grito. Se sacudió y de pronto cayó al suelo, con la misma expresión vacía que los demás.

Las carcajadas de Granny Goodness retumbaron entre los edificios.

—Vaya, sí que ha sido fácil —dijo, rascando a Perry detrás de las orejas—. Vamos, Furias, acabemos con este instituto. Sumaremos los adolescentes de Super Hero High a nuestras Furias y atacaremos Metropolis por todos los flancos. Luego marcharemos sobre las grandes ciudades del mundo y acabaremos en Suiza, para ocuparnos de ese tarugo de Massacre. ¡Vaya papanatas! ¡Para entonces nuestro ejército será tan grande que dominaremos el mundo!

Barda sonrió y asintió. Perry babeó y las Furias levantaron la barbilla en un gesto triunfante mientras miraban a los súpers que esperaban ante ellas, en formación.

—¡No tan rápido, Granny!

La mujer se volvió de inmediato.

—¡¿Tú?! —gritó.

—Sí, yo —contestó Supergirl con suma tranquilidad. Sostenía un coche por encima de su cabeza. Una ráfaga de luz amarilla la alcanzó, pero ni siquiera se inmutó. Los pendientes antihipnóticos funcionaban a las mil maravillas—. Nunca he estado bajo tu control —le confesó—, pero quería conocer tus planes.

Dicho aquello, le arrojó el coche, pero Big Barda se interpuso y lo desvió golpeándolo con su vara.

—¡¡¡Atrápala!!! —gritó Granny.

Big Barda lideró el ataque y sus compañeras la siguieron. Las Furias no tardaron en desaparecer de la vista, intentando dar caza a Supergirl. Mientras su amiga las alejaba de la Torre Amatista, Barbara inició el ascenso hacia la gema.

A pesar de lo rápidas, astutas y fuertes que eran, las Furias no podían compararse con Supergirl. Cualquier duda que hubiera podido tener sobre ella misma había desaparecido, y lo demostró. Por primera vez en su vida, sentía que controlaba sus poderes. Sin vacilar, empezó a rodearlas a la velocidad del rayo, lo que creó tal confusión entre ellas que comenzaron a dispararse unas a otras mientras gritaban llenas de rabia y frustración.

Al mismo tiempo, Supergirl seguía atentamente el progreso de su amiga, a quien ya le quedaba poco para llegar a lo alto de la torre. Barbara colocó el garfio en la B.A.T. pistola, calibrada para calcular la distancia y la potencia del disparo. Con suma precisión, apuntó hacia las garras gigantescas que sujetaban la Amatista y apretó el gatillo. El garfio alcanzó la base y se acopló a ella con un ruido metálico que resonó por todo el colegio. Alertada, Artemiz, que estaba a punto de lanzarle una flecha a Supergirl, se detuvo y sonrió. A continuación, se volteó y dirigió el arco hacia Barbara Gordon.

Sin tiempo para reaccionar, Supergirl vio que Gorilla Grodd aparecía por la puerta de la azotea, agarraba la cuerda de una de las banderas del instituto y atravesaba la terraza colgado de ésta lanzando un aullido feroz de gorila.

La joven kryptoniana se quedó boquiabierta al ver que Grodd se interponía entre la flecha de Artemiz y Barbara.

—¡Noooooo! —gritó Babs, horrorizada, cuando el proyectil que iba destinado a ella alcanzó al antiguo subdirector. Grodd se desplomó y se golpeó contra el suelo con tanta fuerza que la azotea se sacudió.

Artemiz preparó otra flecha y apuntó a la hija del comisionado. Supergirl levantó la pulsera.com.

—¡Barbara! —chilló—. ¡Cuidado! ¡Van a dispararte otra flecha!

Las Furias se abalanzaron sobre la superheroína de Krypton, pero tuvo tiempo de echar un último vistazo a la torre y ver a su amiga rebasando la cornisa y poniendo un pie en la azotea. Con una agilidad acrobática digna de Harley Quinn, Barbara se encaramó a la Amatista con un mortal y acopló el deshipnotizador a la gema con un solo movimiento.

Un estruendoso ¡¡¡BAM!!! se oyó por toda la ciudad cuando el deshipnotizador empezó a emitir un resplandor azul que ahogó el de Granny y bañó Super Hero High de esperanza.

¡Todo había salido bien! ¿O no?

Bumblebee estaba arrodillada junto a Grodd, intentando reanimarlo.

—¡Siento mucho no haber confiado en usted! —decía entre sollozos, viendo que no se movía. The Flash y Hawkgirl también parecían afectados, pero la batalla todavía no había terminado.

CAPÍTULO 37

A medida que la balsámica luz azul cubría a los súpers, éstos salían del trance. Algunos estaban enfadados, otros confundidos y otros cansados. En cualquier caso, todos estaban listos para entrar en acción.

Granny hizo una mueca al ver cómo su malvado plan se iba al traste.

—¡¡¡Furias!!! ¡¡¡Ataquen!!! —aulló, alzando los puños en el aire.

Las Furias dieron la espalda a Supergirl y, antes de que pudiera detenerlas, se desplegaron después de que cada una eligiera un súper o dos. Estaban muy bien entrenadas. La superheroína lo sabía, pues las había visto a través de los portales de los Boom Tubes. Pero también lo estaban sus compañeros de Super Hero High, que habían estudiado con Wildcat y el señor Fox, así como con el resto de los distinguidos profesores del instituto, todos ellos superhéroes. Además, estaban dirigidos por nada más y nada menos que Amanda Waller, The Wall, alguien a quien nunca había que subestimar.

Asombrada, vio que Miss Martian —por lo general,

tan tímida que hacía sentir incómodos a los demás— gritaba con voz clara en plena carga:

—¡Mucho cuidado con Super Hero High, malditas Furias!

Speed Queen, que se había dirigido como una flecha hacia The Flash, acabó de pronto tendida en el suelo, después de que la invisible Miss Martian se interpusiera entre los dos y le pusiera la zancadilla.

Avergonzada, la Furia se levantó presa de la rabia y huyó.

—¡Buen viaje! —bramó Miss Martian a sus espaldas. Llevada por el entusiasmo, abrazó a The Flash, aunque al cabo de un segundo el veloz superhéroe se abrazaba a sí mismo, pues la tímida superheroína había desaparecido.

Beast Boy se había transformado en una serpiente para acercarse a Stompa. La Furia estaba a punto de aplastarlo cuando él se convirtió en un dragón escupefuego.

—Disculpa, pero ¿a quién pretendías aplastar? —rugió, lanzando llamas por la nariz mientras Stompa retrocedía.

Al mismo tiempo, Artemiz y Katana se movían en círculos una alrededor de la otra, guardando las distancias, aunque acercándose a cada paso. La Furia apuntaba a la superheroína asiática con el arco preparado y Katana tenía una mano extendida hacia su rival, haciéndole un gesto para que atacara mientras mantenía su espada en alto con la otra.

—Demuéstrame lo que sabes —se burlaba—. No te tengo miedo.

La Furia entrecerró los ojos.

—Pues deberías —contestó, disparando varias flechas a la vez.

—¡Katana, cuidado! —gritó Beast Boy, que luchaba con Stompa.

—¡Lo tengo controlado! —aseguró su compañera.

Giró sobre sí misma, esquivó varios proyectiles, rebanó otros cuantos con la espada y atrapó el último con la mano que le quedaba libre.

—Creo que esto es tuyo —dijo Katana, e inmovilizó a Artemiz en el suelo, sujetándola con la flecha con que le atravesó la túnica.

En otro rincón del campus, Supergirl vio que Harley realizaba veloces mortales hacia atrás y luego golpeaba a una sorprendida Mad Harriet con su megamazo, sin dejar de grabar. Sin embargo, Mad Harriet se reía con cada golpe al tiempo que retrocedía de un salto, hasta que finalmente se abalanzó sobre Harley.

Cheetah se interpuso entre ellas sin darle tiempo a que la tocara.

—¡Harley, graba, que esto va a ser bueno! —le pidió.

—¡Lo que tú digas! —contestó la superreportera al tiempo que Mad Harriet se dirigía hacia Cheetah y le lanzaba garras afiladas como cuchillas. No obstante, la superheroína felina era demasiado rápida—. ¿Eso es lo mejor que sabes hacer? —se burló, trepando por un enrejado.

Ciega de ira, la Furia lanzó un grito y la siguió, sin percatarse de que Poison Ivy estaba cerca. La chica del pulgar verde había mutado las parras para que les crecieran espinas y atraparan a la persona que las tocara.

—¡Suéltenme! —gruñía Mad Harriet mientras los tallos la envolvían con fuerza y la sujetaban al enrejado—. ¡Déjenme en paz!

—¡Sí! —se felicitaron Cheetah y Poison Ivy, chocando las manos.

—¿Lo tienes? —le preguntó la súper de rasgos felinos a Harley, viendo lo mal que estaba pasándola Mad Harriet, inmovilizada por completo, sin poder escapar.

—¡Lo tengo! —contestó su amiga.

Supergirl miró hacia arriba y vio que Bumblebee volaba en círculos sobre ellos y que lanzaba su aguijonazo más potente con tanta fuerza que la superheroína se vio propulsada hacia atrás y acabó chocando con Speed Queen, que se había reincorporado a la lucha y había acorralado a Frost. Parasite salió de detrás de una hilera de contenedores de basura con una cubeta y provisto de escobas y trapeadores que había convertido en armas. Sin embargo, por mucho que intentara alcanzarla, Speed Queen era demasiado rápida para él.

—¿Lista? —le gritó Parasite a Frost.

—¡Lista! —respondió la chica al tiempo que el conserje vertía la cubeta de agua sucia a los pies de Speed Queen.

—No le tengo miedo a un poco de agua —se burló la Furia, echándose a reír mientras entrecerraba los ojos y se preparaba para atacar a Frost.

—Tal vez no le tengas miedo al agua, pero ¿y a un poco de hielo? —planteó la superheroína, congelando el agua. Speed Queen se resbaló y se cayó. Y cada vez que intentaba incorporarse, volvía a estamparse contra la fina y resbaladiza capa de hielo.

Harley seguía grabando cuando Green Lantern y Star Sapphire se acercaron para ayudar a capturar a Speed Queen.

Supergirl observaba el desarrollo de la batalla desde el aire, detrás de la estatua de la Justicia. Se llevó la mano al collar pero no estaba alrededor de su cuello. El pánico se apoderó de ella hasta que recordó que se lo había dado a Barbara para que lo utilizara como fuente de alimentación del deshipnotizador. Por orgullosa que estuviera de lo bien que estaban haciéndolo los súpers, sabía que, si había una batalla, era por su culpa. Si no hubiera intentado entrar a los Boom Tubes prohibidos, nada de todo aquello habría ocurrido.

Parecía que a los súpers les iba bastante bien sin ella.

—¿Supergirl? —la llamó alguien con una voz amable que le resultó familiar.

Alzó la vista y vio a Granny Goodness en lo alto de la Torre. Ya no llevaba la armadura y su expresión malvada se había dulcificado. La anciana se alisó una arruga de la anticuada falda con una mano, mientras sujetaba un tarro de galletas en la otra.

—Supergirl, cuánto me alegro de que estés a salvo —dijo—. Creo que te vendría bien una galleta. Cielo, ¿por qué no vienes conmigo y haces algo de provecho con tu vida? Únete a la familia...

—¿La familia? —repitió la joven, pensando en sus padres. De pronto, ya no era Supergirl, una superheroína. Era Kara, de Krypton, preguntándose qué hacía en medio de una batalla campal cuando deseaba estar en otro lugar.

CAPÍTULO 38

Mientras la batalla proseguía con furia a su alrededor, Granny Goodness y Supergirl apenas se dieron cuenta de que habían dejado de oír los gritos de victoria o los lamentos de la derrota. Era como si el mundo se hubiera detenido y sólo existieran ellas dos: una anciana de armas tomar y una adolescente agobiada por sus miedos.

—Tú y yo somos iguales, huérfanas —le recordó la mujer—. Ven conmigo, Supergirl, y también formarás parte del ejército de Darkseid. ¡Puedes dirigir a las Furias conmigo! Tus padres no querían que te sintieras sola y abandonada.

Eso era cierto, sus padres no habían querido que se sintiera sola y abandonada. Por eso la habían enviado a la Tierra. En ese momento vio pasar su vida por delante de los ojos. Lo que había perdido... y lo que había ganado. Quizá no pudiera confiar en Granny Goodness, pero había más gente en la que creía, y esa gente creía a su vez en ella.

De pronto, supo lo que tenía que hacer. La voz de su madre resonó en su cabeza: «Haz las cosas siempre lo mejor que puedas, Kara, y todo saldrá bien. Te lo prometo. Tienes alma de heroína».

Oyó a Barbara decir: «Déjate guiar por tu instinto. ¿Qué te dicta el corazón?».

Cualquier duda que Kara Zor-El hubiera albergado había desaparecido. Supergirl asintió con la cabeza.

—Tienes razón —admitió—. No quiero estar sola.

Granny sonrió y le ofreció una galleta.

—Pero no quiero estar contigo, ni con las Furias, ni con Darkseid —añadió sonriente y segura de sí misma.

Al instante, el gesto dulce de la mujer se transformó en una mueca siniestra. Granny giró velozmente sobre sí misma y apareció vestida una vez más como la leal guerrera de Darkseid. Entonces aprovechó el desconcierto de Supergirl para hacerle una llave a la cabeza.

—¡¿Cómo te atreves a despreciar de tal forma a Darkseid?! —exclamó—. De todas maneras, eres demasiado débil para formar parte de mis Furias. ¡Será mejor que me deshaga de ti sin perder más tiempo!

Supergirl ahogó un grito.

—¡Oh, mira a Perry, qué mono! —consiguió decir con un hilo de voz.

Cuando Granny se volvió, la superheroína se retorció para escapar de la llave y se quedaron una frente a la otra, con la mandíbula apretada y los puños cerrados, dispuestas para la lucha.

—No discutamos —dijo Granny, volviendo a adoptar su dulce tono de voz—. No pensaba hacerte daño. Sólo hago mi trabajo.

—¿En serio? —preguntó la joven kryptoniana con tono sarcástico.

—Sí, en serio —contestó la mujer—. Antes de que Waller prohibiera la entrada a los Boom Tubes, yo iba y venía a mi antojo mientras reclutaba jóvenes súpers para el ejército de Darkseid. Sobre todo, me gustaban los huérfanos ingenuos y solitarios que buscaban un lugar en el mundo. Los pobres habían perdido a su familia y a sus amigos. Aunque ya sabes de qué hablo, ¿verdad, Kara Zor-El, del desafortunado planeta Krypton? Hay quien hace las normas, quien las sigue y quien las infringe.

Supergirl asintió mientras retrocedía. Luego respiró hondo, y estaba a punto de atacar sin pensarlo más, cuando la anciana, que era más poderosa y rápida que las Furias, le lanzó un rayo amarillo para controlarla mentalmente. Supergirl respondió con su visión láser, que, junto con los pendientes deshipnotizadores de Barbara, detuvieron el pálido resplandor. Aun así, tuvo la sensación de que se le escapaba algo, y entonces recordó el consejo de Barbara: despacio y con calma.

Haciéndole caso, se tranquilizó y se concentró mientras rodeaba a Granny y cargaba contra ella.

—¡Las paredes son transparentes para mí, igual que tú ahora! —le gritó mientras luchaban.

—¡Barda! ¡Ven aquí! ¡Ya! —ordenó Granny.

Big Barda apareció en un abrir y cerrar de ojos y se abalanzó sobre Supergirl, que soltó a la mujer, consciente de que no podía retenerla y luchar contra la Furia al mismo tiempo.

—Atrápame si puedes —la retó, dirigiéndose hacia la pista de obstáculos. Barda se lanzó a una veloz persecución sobre sus aerodiscos. La joven superheroína se encaminó hacia los postes, pero en el último segundo viró bruscamente y su enemiga se estampó contra la columna de acero, aunque aquello no la detuvo. Supergirl sorteó los láseres con destreza, con una habilidad y una precisión nunca vista. Barda intentó seguirla, pero un láser le hizo un corte en el muslo que le produjo verdadero dolor y se agarró la pierna.

Aun así, la persecución continuó. Ya en el túnel, Kara esquivó los cañones, pero los chorros de sustancia verde y pegajosa alcanzaron a Barda con fuerza. Mientras la supervillana intentaba limpiarse aquel mejunje, Supergirl se lanzó hacia la línea de meta y pulsó el botón con el puño al pasar por el lado. ¡Un cien apareció en el marcador electrónico!

Le habría gustado que Barbara estuviera allí para verlo. Justo entonces oyó una voz:

—¡Supergirl!

—¿Babs? —dijo la kryptoniana, hablándole a la pulsera.com—. Tendrías que haber visto lo que acaba de pasar.

—¡Lo vi! —contestó su amiga, dándole unos golpecitos en el hombro.

La superheroína miró el brazalete y luego a Barbara, que estaba a su lado. La confusión dio paso a una sonrisa.

—Lo he oído todo a través de la pulsera.com —le explicó la joven genio—, por eso sabía dónde estabas y lo que ocurría. He venido tan deprisa como he podido, después de establecer un campo de fuerza seguro alrededor del instituto para impedir que las Furias escapen.

Oyeron un ruido procedente del túnel. Ambas se voltearon a tiempo de ver cómo una Barda de aspecto lamentable y cubierta de una sustancia pegajosa se dirigía hacia ellas con paso tambaleante y se desplomaba en el suelo.

Wonder Woman se acercó volando y miró el marcador.

—¡Así se hace, Supergirl! —la felicitó—. Aunque no sé si te importaría echarme una mano. Granny todavía anda suelta y no me vendría mal un poco de ayuda para salvar el mundo.

Supergirl fue la primera que vio a Granny y a Perry corriendo por la azotea de la Torre, en dirección a la Amatista. La mujer llevaba algo debajo del brazo que le resultaba familiar: el tarro de galletas.

—¿Adónde vas con esas galletas? —le gritó mientras ella y Wonder Woman la perseguían.

Granny se detuvo, pero no se volteó, y dejó que Perry se encargara de ellas. En un abrir y cerrar de ojos, la princesa de las amazonas sacó el lazo y lo envolvió en él. Cuando tensó la cuerda, el monstruo estalló en una multitud de pequeños e inofensivos parademonios verdes. Igual que cucarachas, los pequeños Perrys empezaron a corretear por todas partes, chocando con todo, incluso entre ellos mismos.

Aprovechando la distracción de los mini-Perrys, Granny se encaminó hacia la Amatista. Supergirl fue tras ella, pero la mujer la envió al otro extremo de la azotea con un potente manotazo. La joven kryptoniana rebasó la cornisa y acabó estrellándose contra el suelo. Aturdida, se puso en pie con esfuerzo. La anciana sonrió complacida y sostuvo el tarro de galletas en alto.

—¡En realidad, el tarro es una Granny granada! —anunció. La carcajada resonó por todo Super Hero High—. ¿De verdad creías que me gustaba tanto cocinar?

Granny Goodness continuaba riendo de su propio chiste cuando Supergirl vio que Barbara aparecía con sigilo por detrás de ella...

CAPÍTULO 39

Con el sigilo de Cheetah, la agilidad de Katana y la seguridad de Wonder Woman, Barbara se había acercado a Granny por la espalda, sin hacer ruido, y había ocupado su posición. Desenrolló un B. A. T. cable de computadora y rodeó con él los tobillos de la anciana. La mujer lanzó un rugido al verse derribada y, en un arrebato de ira, retorció el cable con las manos hasta partirlo.

La intervención de Barbara le dio el tiempo suficiente a Supergirl para arrancar un mástil de bandera del suelo y volar hasta la azotea. Mientras su amiga distraía a Granny, ella dobló el mástil y enrolló con él a la malvada villana, que empezó a forcejear para liberarse, hasta que se le cayó el tarro de galletas. Despacio, el tarro fue rodando hasta el mismo borde de la azotea, donde se balanceó adelante y atrás, amenazando con precipitarse al vacío.

Supergirl contuvo la respiración.

Barbara ahogó un grito.

A Granny se le iluminó la cara.

—Cuando toque el suelo, ¡¡¡BUM!!! —se regocijó la anciana—. ¡Mi tarro de galletas es capaz de destruir toda la ciudad de Metropolis, e incluso alguno que otro barrio de las afueras!

A continuación, hinchó las mejillas y sopló para que el frasco rebasara el borde.

Supergirl echó a correr para detener la bomba antes de que tocara el suelo, pero alguien se le adelantó cuando estaba a punto de atraparlo.

—¡Wonder Woman! —gritó Supergirl.

—¡La misma! —contestó la princesa guerrera. Ambas amigas sonrieron. Sin embargo, segundos después, las sonrisas se desvanecieron. El tarro había empezado a emitir pitidos. Lentos al principio, pero cada vez más continuados.

—¡Va a explotar! —les avisó Babs.

Sin dudarlo, la joven kryptoniana le quitó el tarro de galletas a Wondy, se lo colocó debajo del brazo y despegó a toda velocidad, haciendo caso omiso de los gritos de Barbara y la princesa amazona:

—¡No, Supergirl, noooooo!

La superheroína kryptoniana nunca había estado tan asustada ni tan segura de lo que debía hacer. A medida que atravesaba las nubes, los pitidos se hacían más fuertes y frecuentes y la Tierra más pequeña. Sobrepasó todos sus límites y salió disparada de la atmósfera terrestre. Cuando las luces de la bomba se volvieron rojas, lanzó el tarro de galletas al espacio infinito con todas sus fuerzas.

La explosión fue descomunal. Supergirl se sintió en paz por primera vez desde que había escapado de Krypton. A pesar de que tenía el pelo prácticamente de punta, el corazón le latía con fuerza y tenía el pulso acelerado. Por fin sabía qué significaba ser una superheroína.

Dio media vuelta y se tomó su tiempo para regresar a la Tierra, atravesando la nube de galletas y polvo de estrellas que viajaba por el espacio. Estaba ya cerca de Super Hero High cuando empezó a oír gritos y se preguntó qué habría ocurrido. ¿Habrían perdido la batalla?

A punto de llegar, los gritos se convirtieron en ovaciones cuando Hawkgirl señaló al cielo y exclamó:

—¡Es ella! ¡Supergirl está viva!

—¡Supergirl ha resuelto la situación! —gritó Cyborg.

—¡Sonríe, Supergirl! —chilló Harley, apuntándole con la cámara.

Todo el mundo estaba exultante. Incluso se oyó decir a Cheetah:

—Yo siempre he sabido que lo llevaba dentro.

Supergirl iba a hombros de sus compañeros superhéroes cuando vio a Bumblebee con el señor Grodd.

—Permítame que insista: lo siento muchísimo —decía su amiga—. De lo único que se le puede acusar es de ser un buen gorila.

—¡Subdirector Grodd, me ha salvado la vida! —los interrumpió Barbara.

Abochornado, el gorila intentó librarse de sus disculpas y cumplidos, pero al final cedió a regañadientes y dejó que lo abrazaran con torpeza.

La directora Waller, Wonder Woman, Barbara Gordon y Supergirl se reunieron en la cámara de los Boom Tubes. Granny y cuatro de sus Furias estaban esposadas. Beast Boy, que se había convertido en un perro feroz, las vigilaba, a ellas y a la multitud de diminutos Perrys que jugaban en jaulas de hámster dando vueltas por todas partes. Waller tiró con fuerza de la palanca y los envió a todos a la prisión reformatorio de Belle Reve.

—¡Jamás conseguirán detener a Darkseid! —la voz de Granny resonó a través del portal de los Boom Tubes hasta que se hizo el silencio.

—¡Un momento! ¿Dónde está Big Barda? —preguntó The Wall.

—Yo la encontraré —se ofreció voluntaria Supergirl.

Escaneó el instituto utilizando su visión de rayos X y lo que vio la sorprendió.

—¡Barda! —la llamó, acercándose despacio a ella, preparada para cualquier cosa.

Big Barda había recogido con cuidado una escultura que se había caído al suelo durante la batalla y estaba colocándola de nuevo en su sitio, sobre un pedestal.

—Eso está muy bien —dijo Supergirl con voz suave—. Pero es hora de irse.

La joven de Apokolips no opuso resistencia. En silencio, las dos chicas volvieron a pie a los Boom Tubes, una junto a la otra. Cuando llegaron a la cámara, Grodd tomó un folleto de Super Hero High y se lo pasó a Barda con disimulo.

—Para que leas durante el viaje a Belle Reve —dijo, guiñándole un ojo.

Barda le echó un vistazo al folleto y negó con la cabeza.

—Algo me dice que podrías haber causado mucho más daño del que has hecho —comentó Supergirl—. Puede que, después de pagar por tus crímenes, descubras la manera de utilizar tus poderes para hacer el bien... y ayudar a tus amigos.

—Yo no tengo amigos —contestó Barda con resentimiento, frunciendo el ceño.

Supergirl le sonrió con simpatía.

—Eso es lo que te parece ahora —dijo—. Yo también me sentía sola cuando llegué a Super Hero High. Deberías venir para ver todo lo que puede ofrecerte la Tierra, como hice yo.

—Lo dudo mucho —replicó Barda de malas maneras—. Este lugar es un asco.

Supergirl se fijó en que la Furia apretaba el folleto con fuerza.

Después de que la directora Waller la enviara a través del mismo portal de los Boom Tubes que Granny Goodness y sus Furias habían utilizado para ir al centro de internamiento de Belle Reve, los héroes de Super Hero High empezaron a dispersarse. Antes de irse, Barbara le puso algo en la mano a Supergirl. Ésta bajó la vista, vio el brillo cálido y familiar de su collar de cristal y se lo volvió a colocar en el cuello, donde debía estar.

—¿Te quedaste para ayudarme a cerrar la puerta de los Boom Tubes por siempre jamás? —preguntó la directora Waller. Todos los demás ya se habían marchado.

Supergirl asintió.

—Aunque antes hay algo que me gustaría pedirle.

—¿Qué?

Supergirl se puso seria.

—¿Puedo ver el portal de Krypton?

The Wall guardó silencio un momento, hasta que dijo con una voz amable, muy poco propia de ella:

—Sabes que no hay nada. El planeta quedó completamente destruido.

La joven asintió.

—Lo sé, pero necesito verlo con mis propios ojos.

Waller asintió y se hizo a un lado. La joven respiró hondo, se acercó despacio al portal de Krypton y levantó la tela negra que lo cubría.

—Tiene razón, no queda nada —dijo al fin, tras contemplarlo largo rato. Sentía un dolor desgarrador en su corazón—. Nada de nada —le temblaba la voz—. La explosión del planeta lo destruyó todo.

—No todo —la corrigió la directora—. Hay algo que sí sobrevivió a la explosión. Algo muy valioso que significaba mucho para tus padres.

Supergirl tenía los ojos empañados. Aunque era capaz de levantar montañas, correr más que un tren y volar más rápido que un cometa, no consiguió detener el torrente de lágrimas.

—¿Qué? —preguntó—. ¿Qué pudo sobrevivir a eso?

—Tú —contestó Waller—. Supergirl, mientras estés aquí, parte de Krypton seguirá vivo. Tu planeta vive en tu mente, en tu corazón y en todo lo que hagas.

Aunque en el portal sólo se veía oscuridad, la joven superheroína oyó a su madre que le decía: «Haz las cosas siempre lo mejor que puedas, Kara, y todo saldrá bien. Te lo prometo».

La directora la acompañó hasta otro portal. Korugar Academy estaba celebrando una asamblea.

—¿Y bien? —dijo.

La joven respiró hondo y volteó hacia Waller.

—He visto suficiente. Ya es hora de que vuelva al instituto. Este instituto. Super Hero High es mi hogar. Tengo mucho que aprender y qué mejor momento para empezar que ahora mismo.

EPÍLOGO

En la asamblea, Waller felicitó a los alumnos, a los profesores y al personal, muchos de los cuales iban vendados o llevaban sus yesos con orgullo. Cuando Supergirl saludó con un gesto de cabeza al recién ascendido conserje ejecutivo Parasite, él continuó barriendo, aunque bajó la cara para ocultar una sonrisa.

—Un agradecimiento especial para Wonder Woman, que dirigió el ataque contra las Furias, y para Bumblebee, Hawkgirl y The Flash, que siguieron el caso desde el principio —prosiguió la directora Waller—. Y una mención especial para el subdirector Grodd, que demostró su gran nobleza y que se ha convertido en un ejemplo a seguir para todos nosotros.

El comisionado Gordon inició el aplauso mientras Grodd se levantaba con torpeza. Bumblebee subió volando al estrado y le hizo entrega de una cesta llena de bambú recién cortado.

Supergirl levantó la vista hacia las vigas del techo, donde se sentaba Barbara, que llevaba el traje negro que le había hecho Katana.

—Y ahora, me gustaría presentarles a la Superheroína del Mes —continuó la directora—. Alguien que, en poco tiempo, ha demostrado que no basta con tener superpoderes, lo verdaderamente importante es lo que se haga con ellos. Alguien que ha arriesgado su vida para salvar la de los demás y que siempre se esfuerza al máximo en todo lo que hace... ¡Supergirl, sube al estrado!

La sala estalló en un aplauso atronador. Sin acabar de creérselo, la joven kryptoniana se emocionó tanto que sintió que el corazón le brincaba dentro del pecho.

—Babs, tú me has ayudado a llegar a ser lo que soy —susurró Supergirl en la pulsera.com mientras Waller proseguía con su discurso—. Me has ayudado a salvar el mundo de Granny Goodness y su ejército. Tú también te mereces estar aquí, conmigo.

—Ojalá, Supergirl —respondió Barbara con tristeza—. Ojalá.

—Supergirl —dijo The Wall, empujándola hacia el micrófono—. ¿Te gustaría decir algo?

Asintió. La sala guardó silencio mientras ella se llevaba una mano al collar de cristal, que empezó a emitir un brillo más intenso que nunca.

—Todos los que estamos hoy aquí, en esta sala, contribuimos a derrotar a Granny Goodness y sus Furias —empezó a decir, mirando a sus amigos. Bumblebee se inclinó hacia adelante. Katana enderezó la espalda. Hawkgirl sonrió. Poison Ivy asintió. Wonder Woman la saludó. Harley lo grababa todo—. Sin embargo, hay una persona que nunca recibe el reconocimiento que merece, aunque ha resultado ser una pieza clave en la lucha contra el mal. Alguien que es una superheroína de corazón.

Tapó el micrófono con una mano y le susurró algo a la directora Waller, quien la escuchó con gesto serio, asintió y luego retrocedió un paso.

Supergirl se animó y anunció en voz alta y con orgullo:

—¡Con la aprobación del profesorado y la administración del instituto, me gustaría dar la bienvenida a la nueva incorporación a Super Hero High! ¡Batgirl!

Cuando la figura vestida de negro se descolgó de las vigas y se dejó caer en el estrado, seguía reinando el silencio y la confusión.

—¿Quién es ésa? —preguntó Cyborg.

Katana no pudo guardar el secreto por más tiempo. Se levantó de un salto y gritó:

—¡Eh, gente, es Barbara Gordon!

Los súpers y todos los profesores murmuraron y, acto seguido, estallaron en gritos y aplausos. Todos menos una persona, que continuó pasmada, mirando fijamente a la chica del traje de Batgirl.

—Oh, vaya. Hola, papá —dijo la joven, saludando al comisionado Gordon con un gesto nervioso—. Este... puedo explicártelo...

Mieke Kramer

La primera novela de Lisa Yee, *Millicent Min, Girl Genius*, ha sido galardonada con el prestigioso Sid Fleischman Humor Award, y ya cuenta con cerca de dos millones de ejemplares publicados. Otras novelas de la escritora dirigidas a jóvenes son *Standford Wong Flunks Big-Time*; *Absolutely Maybe*; *Bobby vs. Girls (Accidentally)*; *Bobby the Brave (Sometimes)*; *Warp Speed*; *The Kidney Hypothetical, Or How to Ruin Your Life in Seven Days*. Lisa Yee también es autora de la serie Kanani de American Girl, *Good Luck, Ivy,* y de la serie 2016 Girl of the Year.

Lisa ha sido escritora residente del Thurber House Children's, y sus libros han sido seleccionados como mejor lectura de verano por la NPR Books y como mejor lectura de verano para niños por *Sports Illustrated* y Critics' Pick de *USA Today*, entre otros.

Para más información sobre la autora, visita LisaYee.com.

Las aventuras de la Supergirls en Super Hero High,
de Lisa Yee
se terminó de imprimir en el mes de febrero de 2018
en los talleres de Diversidad Gráfica S.A. de C.V.
Privada de Av. 11 #4-5 Col. El Vergel, Del Iztapalapa,
C.P. 09880, Ciudad de México.